dtv

Wer sieht uns an? Und was wird dadurch aus uns? Einer, der es wissen muss, ist der Modeschöpfer KL, einer der bekanntesten Menschen auf diesem Planeten, einer, der nicht nur Mode macht, sondern Mode ist. Jedes Kind weiß, wie er aussieht, keiner weiß, wer er wirklich ist. Denn bei all seiner Prominenz ist KL eine Ikone der Unnahbarkeit und einer der launischsten und eigensinnigsten Interviewpartner deutscher Sprache. Ausgerechnet mit ihm will der Erzähler dieses Buches ein Gespräch führen über Schein und Sein, Genie und Zerstörung, Leben und Tod …

John von Düffel, geboren 1966 in Göttingen, ist Schriftsteller, Dramatiker und Übersetzer. Er arbeitet als Dramaturg am Deutschen Theater Berlin und ist Professor für Szenisches Schreiben an der Berliner Universität der Künste. 1998 veröffentlichte er seinen Debütroman ›Vom Wasser‹. Weiterhin erschienen u.a. ›Zeit des Verschwindens‹, ›Ego‹, ›Houwelandt‹, ›Hotel Angst‹, ›Beste Jahre‹, ›Goethe ruft an‹, ›Wassererzählungen‹ sowie ›Klassenbuch‹. Für seine Bücher wurde John von Düffel vielfach ausgezeichnet, u.a. mit dem aspekte-Literaturpreis und dem Nicolas-Born-Preis.

John von Düffel

KL

Gespräch über die Unsterblichkeit

dtv

Von John von Düffel sind bei dtv außerdem erschienen:
Vom Wasser (12799)
Zeit des Verschwindens (12939)
Ego (13111)
Schwimmen (13205)
Houwelandt (13465)
Hotel Angst (13571)
Beste Jahre (13907)
Goethe ruft an (14218)
Wassererzählungen (14554)

Ausführliche Informationen über unsere Autoren und Bücher
www.dtv.de

MIX
Papier aus verantwortungsvollen Quellen
FSC® C019821
www.fsc.org

2017 dtv Verlagsgesellschaft mbH & Co. KG, München

Umschlagbild: Peter Engels, www.peterengels.eu
Gesamtherstellung: Druckerei C.H.Beck, Nördlingen
(Satz nach einer Vorlage des DuMont Buchverlags)
Gedruckt auf säurefreiem, chlorfrei gebleichtem Papier
Printed in Germany · ISBN 978-3-423-14610-4

Ähnlichkeiten mit lebenden Ikonen sind nicht zufällig, sondern beabsichtigt. Trotzdem ist der gesamte Inhalt dieses Buches, insbesondere die Äußerungen der handelnden Personen, rein fiktiv. Das Interview und die Gespräche haben nie stattgefunden.

ZU BESUCH BEI KL

Sein Fahrer holt mich vom Gare de l'Est ab, wie besprochen. Womöglich ist es auch der Assistent, mit dem ich telefoniert hatte, doch als solcher gibt er sich nicht zu erkennen. (Er wirkt jünger als der Mann am Telefon, aber auch nicht mehr ganz jung.) Ich hatte erwartet, dass er mit einem Schild in der Bahnhofshalle stehen würde. Stattdessen taucht er diskret neben mir auf, spricht mich mit Namen an und bittet mich ihm zu folgen. Als er mir meinen Rucksack abnehmen will, winke ich ab, ich trage mein Zeug lieber selbst. Er stoppt kurz, schaut mich an, prüfend, sogar etwas pikiert. Dann geht er voran und ich hinterher mit dem Gefühl, ihn gekränkt zu haben. Auf der fast halbstündigen Fahrt durch die verschiedenen Bezirke sagt er kein Wort, auch nicht, dass KL mich erwartet.

Als wir im Atelier ankommen, ist niemand da. Der weitläufige, loftartige Raum sieht aus, als hätte der Meister in diesem Moment alles stehen und liegen lassen. Skizzen, Notizen und ganze Nester von Zeichenutensilien verteilen sich über die Arbeitsfläche. Ich wahre gebührenden Abstand zu den Entwürfen. Falls ich stören sollte, will ich wenigstens nicht respektlos erscheinen. Unauffällig halte ich nach einer Uhr Ausschau, um mich zu vergewissern, dass ich nicht zu früh bin. Doch mein Zug war pünktlich, und der Fahrer hatte bestimmt seine Anweisungen. Vielleicht geht es nur darum, dass KL nicht auf mich wartet, sondern ich auf ihn.

Der junge, nicht mehr ganz junge Mann hat sich neben der Tür postiert, die Arme vor der Brust verschränkt. Auf einmal wirkt er wie ein Leibwächter. Unklar ist nur, wen oder was er bewacht. Als ich mich fragend umsehe, deutet er mit dem Kopf – eigentlich nur mit dem Kinn – auf eine Sitzgruppe in einem entlegenen Winkel des Raumes: ein Diwan, ein paar Louis-quinze-Stühle mit historischer Polsterung. Zögernd setze ich mich. Im selben Moment wird der Fahrer (oder Leibwächter) durch einen älteren Herrn im schwarzen Anzug abgelöst, der geradewegs auf mich zukommt und sich nach meinen Wünschen erkundigt, ein Hausangestellter oder Butler offenbar. Zunächst bestelle ich nichts, dann doch ein Wasser, für den Fall, dass es länger dauert. Auf einem kleinen Tischchen mit geschwungenen Beinen – Nussbaum; antik, wie ich vermute – liegen mehrere Zeitschriften. Ich komme mir vor wie in einem Wartezimmer. Dann erst bemerke ich auf dem Titelblatt KL im Halbprofil. Das darunterliegende Magazin wirbt in großen roten Lettern mit einem Exklusivinterview und einem kleineren Schnappschuss des Meisters, weiß gerahmt. Es folgt ein Branchenblatt, das ebenfalls groß mit seinem Porträt aufmacht und die neueste Ausgabe von *The KL Daily*. Ich lege die Zeitschriften wieder zurück auf den Stapel. Die Einschüchterungsstrategie hat funktioniert.

Hinter der Tür höre ich Schritte, Wortfetzen, eine Auseinandersetzung in mehreren Sprachen. Doch offenbar redet nur eine Person und die Erwiderungen sind Pausen – ein Telefonat, wie es scheint. Es wird leiser. Die Telefonstimme entfernt sich. Ich kann mir nicht vorstellen, dass es KL war, auch wenn er in Wirklichkeit eine Stimme haben soll, die nicht nach ihm klingt. Eine Zeit lang herrscht Ruhe, nicht einmal Straßenlärm oder andere Geräusche dringen von draußen herein. Totenstill liegt die Stadt unter uns, obwohl wir mit dem

Wagen eben noch durch den dichtesten Berufsverkehr gefahren sind. Die Telefonstimme kommt zurück, für ein, zwei Sätze, Satzschleifen in fremdsprachigem Singsang. Vermutlich ein zweites Gespräch oder das versöhnliche Ende des ersten. Die Anspannung und Nervosität, dass KL gleich kommt, ist einem Anflug von Ungeduld, fast schon Unmut gewichen: Wann kommt KL endlich? Doch auch das geht vorbei. Ein paar Ewigkeiten später bin ich überzeugt: KL kommt nie.

Eingesunken sitze ich da. Die Stühle sind bequemer, als sie aussehen, geradezu sesselartig. Man geht in ihnen unter. Auf dem Nussbaumtisch, der mir jetzt sehr viel höher erscheint, steht ein Glas Wasser auf einem Silbertablett. Ich kann mich nicht erinnern, wann der Butler das gebracht hat. Ich habe jedes Zeitgefühl verloren und schon längst vergessen, was ich KL fragen wollte. Ich weiß nur eins: Von Einschüchterungsstrategie kann keine Rede sein. Der Meister denkt gar nicht daran, mir zu zeigen, wie groß er ist und wie klein dagegen ich. Er muss niemandem etwas beweisen. Für ihn ist Alltag, viel zu tun. Ich bin nur ein Punkt, ein Pünktchen, auf seiner randvollen Agenda und eigentlich gar nicht da.

Wir haben telefoniert, bonjour!

Auf einmal kommt sein Assistent ins Zimmer gestürzt (das muss er sein), die Hand zum Gruß ausgestreckt. Ich rappele mich aus dem Louis-quinze-Stuhl hoch wie aus einer anderen Zeit, nehme Hand und Gruß entgegen, finde aber so schnell keine Worte. Der Assistent ist schneller.

Er ist tout à fait désolé, dass Sie warten müssen. Ich soll Sie um Entschuldigung bitten, vielmals und in aller Form. Wenn es nach ihm ginge, wäre er pünktlich, auf die deutscheste Weise, sagt er selbst. Aber er hat mit Italienern zu tun – Rom! Mailand!

Und es gibt un problème mit New York. Haben Sie noch etwas Geduld?

Ich nicke beflissen – jaja –, was bleibt mir anderes übrig? Ich muss froh sein, wenn KL mich überhaupt empfängt, mir einen Moment seiner kostbaren Zeit schenkt und Einblick gewährt in seine Arbeit, seine Welt. Plötzlich beschleicht mich die Angst, er könnte unsere Verabredung in allerletzter Minute platzen lassen und mich auf irgendwann vertrösten.

Mais la bonne nouvelle: Er ist trotz allem guter Stimmung! Sie haben Glück. Er ist, comment dit-on, mit dem richtigen Fuß aufgestanden, aujourd'hui, und das bisschen confusion in Italien und les États-Unis kann seine Laune nicht trüben.

Er sagt so andächtig und gottesfürchtig »er« – man müsste es eigentlich großschreiben. Andererseits hat es einen leichten Dialekteinschlag ins Hamburgische, ein langes »E«, auslautend mit einem »A« statt »R«, und da sein Assistent alles Mögliche ist, nur kein waschechter Hanseat, muss es KLs Aussprache selbst sein, originalgetreu nachgeahmt und hart an der Grenze zur Parodie: »eea«!

Und damit er bei Laune bleibt, würde ich mit Ihnen gern die conditions durchgehen, um Missverständnisse zu vermeiden und einen reibungslosen Ablauf zu gewährleisten. Mit solchen petites choses hält er sich nur ungern auf. Asseyez-vous, s'il vous plaît …

Sein Assistent verweist mich geschäftsmäßig zurück auf meinen Platz und setzt sich mit übereinandergeschlagenen Beinen neben mich. Dann zieht er eine lange Liste hervor, die er weitgehend abliest.

Oberstes Gebot, aber das sagte ich bereits au téléphone: Keine Fragen zur Mode oder zu anderen geschäftlichen Belangen, insbesondere nichts, was unter das Berufsgeheimnis fällt!

Davon hatte er am Telefon nichts gesagt, aber ich stimme zu.

Auch keinerlei Fragen privater Natur in Bezug auf Geschäftspartner und Kollegen aus der Modebranche. Desgleichen kein Klatsch und Tratsch über Models, Prominente und sonstige Personen des öffentlichen Lebens!

Ich stutze. Die Zeitschriften auf dem Nussbaumtisch sind voll davon, soweit ich sie gelesen habe (leider mit Vergnügen), seine eigene auch. KL ist nicht nur ein scharfzüngiger Plauderer, er ist eine Instanz: ein unbestechlicher Beobachter und strenger Richter, dessen Urteile sich zwar wie Klatsch und Tratsch ausnehmen, dies aber auf einem einsamen Niveau von Bosheit. Wie kein Zweiter versteht er es, gleichzeitig vornehm und vernichtend zu sein – je vornehmer, desto vernichtender! Und wen er ins Visier nimmt oder mit Nichtachtung straft, dem gnade Gott, denn er (»ER«!) kennt kein Pardon.

D'accord?

Was? Ja, sicher, sage ich zögerlich, aber ist es nicht ein bisschen unklug, all die Themen auszuklammern, die den größten Unterhaltungswert haben? Oder meinen Sie, es macht besonders viel Spaß, ihn lästern zu hören, wenn es verboten ist?

Das bringt uns zum nächsten Punkt … Sein Assistent hält es für unter seiner (Seiner?) Würde, darauf einzugehen. *Sie stimmen ferner zu, dass die Mit- bzw. Abschrift dieses Gesprächs als streng vertraulich gilt und nicht an Dritte weitergegeben werden darf bis zum Zeitpunkt der ausdrücklichen Autorisierung durch ihn oder seine mit dieser Aufgabe betrauten Mitarbeiter. Videoaufnahmen sind nicht gestattet, Tondokumente gelten als nicht genehmigt und sind weder gerichtsverwertbar noch zitierfähig. Sie dienen – falls Sie davon Gebrauch machen wollen – lediglich als subjektive Gedächtnisstütze. Objektiv im Sinne des Presserechts wurde nur das gesagt, was wir autorisieren.*

Ja, sage ich, klar.

Überdies verzichten Sie auf Ihr Zitatrecht. Der genehmigte Text darf ausschließlich in der von uns autorisierten vollständigen Form veröffentlicht werden, ohne Kürzungen, Umstellungen oder Hinzufügungen, auch wenn sie als Anmerkungen der Redaktion gekennzeichnet sind. Ausschnitte und Zitate in jeglicher Form bedürfen einer gesonderten Erlaubnis. Sie dürfen weder aus dem Zusammenhang gerissen noch in andere Kontexte gestellt werden. Bei Zuwiderhandlung gehen wir gerichtlich gegen Sie vor.

Okay.

Der Assistent schenkt mir ein Lächeln. *C'est tout. Ihre Interviewzeit beträgt dreißig Minuten, trentes minutes au maximum. Das Gespräch ist aber jederzeit unverzüglich beendet, quand il se lève.*

Wie?

Wenn er sich erhebt und abwinkt.

Nein, nein, ich meine, dreißig Minuten sind ohnehin sehr knapp, und wenn es jetzt noch kürzer wird –

Bedaure, das ist Bedingung.

Aber in so kurzer Zeit kann man kein philosophisches Gespräch führen!

Sie wollen ein philosophisches Gespräch führen?

Wir haben doch telefoniert …

Ah, oui! Sie waren das.

Und ich habe von vornherein gesagt, dass es Zeit braucht.

Une demi-heure, das kommt Ihnen vielleicht kurz vor, für ihn ist es longue, très longue.

Ich bin ja auch damit einverstanden, aber noch kürzer –

Wenn ihn das Gespräch nicht mehr interessiert, c'est fini. Als einer der gefragtesten Menschen auf diesem Planeten kann er sich keinen Leerlauf leisten. Wir bitten um Verständnis.

Natürlich verstehe ich das, nur Sie müssen auch verstehen, dass es mir nicht um ein bisschen Text für den Platz zwischen den Bildern geht, sage ich mit einem Seitenblick auf die Illustrierten. Es soll eben kein normales Interview werden, sondern philosophisch, ein philosophisches –

Er spricht très vite, vous savez. Er sagt in fünfzehn Minuten mehr als andere in drei Stunden. Im Übrigen haben Sie es selbst in der Hand, wenn Sie nicht wollen, dass er abbricht, dann, comment on dit, interessieren Sie ihn!

Ich ihn? Wie denn?

Doch sein Assistent steht auf und beendet unser Vorgespräch mit einer gespreizten Handbewegung – auch das vermutlich nach Art des Meisters. Auf dem Nussbaumtisch liegt die Gesprächsvereinbarung, ein Vordruck, zwei Seiten, Formsache. Ich unterschreibe mit Ort und Datum.

Ich wünsche Ihnen eine angeregte Unterhaltung. Bonne chance!

Kurzerhand steckt er die Liste wieder ein und geht zur Tür, nicht ohne sich vor dem Verlassen des Raumes noch einmal umzudrehen.

Kleiner Tipp noch, entre nous: Schneiden Sie keine Gewichtsfragen an.

Gewichtsfragen? Meinen Sie zum Körpergewicht?

Nichts von Diäten, Kleidergrößen, Magermodels …

Halten Sie Kleidergröße für eine philosophische Frage?

In unserer Branche schon.

Er sagt nicht Branche mit »e« am Ende, sondern »broonsch«, was nicht nur liebenswürdig französisch klingt, sondern auch viel philosophischer. Es ist das Letzte, was er sagt, bevor er zur Tür hinausgeht.

Danke, rufe ich ihm noch nach, merci! Dann bin ich allein und ratloser als je zuvor.

Seltsam. Die ganze Zeit habe ich auf KL gewartet, jetzt hoffe ich auf einmal, dass er nicht kommt, wenigstens nicht gleich. Ich bin noch nicht so weit. Offenbar fallen die Fragen, die ich ihm stellen wollte, in zwei Kategorien: Die einen sind interessant, aber nicht erlaubt, die anderen sind erlaubt, aber nicht interessant. Und je länger ich darüber nachdenke, desto sicherer bin ich mir: KL wird unser Gespräch beenden, bevor es begonnen hat. Ich kann im Grunde gleich gehen.

Er kommt.

Sein Assistent hält ihm die Tür auf. KL betritt den Raum wie zu einer imaginären Musik. Er ist kleiner, als ich erwartet hätte – »kleiner« ist nicht das richtige Wort, zierlich! Er wirkt jungenhaft leicht, schwerelos, alterslos, beinahe unkörperlich. Ein Bild. Eine Erscheinung. Eine Ikone, die sich so streng entworfen und so wenig verändert hat, dass sie über der Zeit steht.

Der Schweiß in meinen Handflächen ist kalt.

Ich will aufstehen, KL bedeutet mir mit einer Handbewegung sitzen zu bleiben, gebietet es regelrecht. Eine übertriebene Höflichkeit, denke ich zuerst, dann wird mir klar, er will nicht berührt werden, von niemandem, kein Händeschütteln, kein Körperkontakt.

Wie war Ihr Flug?

Seine Stimme klingt hoch, beinahe schwebend. Leider bin ich mit dem Zug.

Ich murmele eine kurze Erklärung. Doch KL scheint gar keine Antwort zu erwarten. Er setzt sich auf den Diwan, breitet die Arme über die Rückenlehne und umarmt die Luft. Die Spitze seiner schwarzen Lederstiefelette wippt. Müßig, aber auch ein bisschen ungeduldig. Ich weiß nicht, was ich sagen soll.

Stellen Sie mir keine Fragen. Dann brauche ich nicht so zu tun, als würde ich Ihnen antworten. Bertrand hat Ihnen mitgeteilt, dass ich keine Interviews gebe?

Ich nicke einmal mehr, obwohl sein Assistent – von dem ich annehme, dass es Bertrand ist – kein Wort davon gesagt hat und die Zeitschriften vor uns auf dem Tisch das Gegenteil bezeugen.

Ich führe überhaupt keine Gespräche mehr mit Leuten, die ich nicht kenne. Jede fremde Frage ist ein Attentat auf meine Gedanken. Wenn ich mich unterhalten will, führe ich Selbstgespräche, und solange Sie mich dabei nicht stören, dürfen Sie bleiben und mitschreiben. Aber das sagte Bertrand sicher schon.

Ja, sage ich.

KL macht eine Pause und sieht mich an, zumindest meine ich seinen Blick hinter den dunklen Gläsern zu spüren. Die Sonnenbrille nimmt er nicht ab.

Sie sehen gar nicht aus wie ein Journalist. Für wen sind Sie hier?

Offenbar hat Bertrand ihn nicht über mein Anliegen informiert oder ER hat Bertrand nicht zugehört. Ich will etwas erwidern, die gröbsten Missverständnisse beseitigen, doch KL hebt die Hand.

Ich will es gar nicht wissen. Wenn ich anfange, über Sie nachzudenken, kommen wir vom Thema ab, und ich muss meine

Gedanken beisammenhalten. Leider schlafe ich im Moment sehr schlecht, wie so oft im Sommer. Es ist einfach zu hell, zu viel Licht. Von der Hitze gar nicht zu reden. Letzte Nacht wollte ich ein bisschen an die Luft gehen. Ich hatte mich richtig auf einen nächtlichen Schaufensterbummel gefreut, aber dann: Regen, strömender Regen, bis zum Morgen. Tagsüber Sonnenschein, penetranteste Helligkeit, und dann Nachtregen. Ich kann überhaupt nicht mehr vor die Tür.

Wenn die Luft abkühlt, kann sie nicht so viel Feuchtigkeit aufnehmen, daher ist nachts die Regenwahrscheinlichkeit höher, erkläre ich hilfsbereit.

KL sieht mich an (ich glaube zumindest, dass er mich ansieht). Er wirkt fast ein bisschen überrascht oder empört oder »indigniert« – ja, indigniert –, dass es mich gibt. Dann fährt er fort, als hätte ich nie den Mund aufgemacht.

Doch das ist so und lässt sich nicht ändern. Wenn ich auf die Straße gehe, dann nachts. Tagsüber bilden sich Menschentrauben, alle mit gezückten Smartphones. Ich kann keinen Schritt mehr tun. Seit der Erfindung des Fotohandys ist das letzte bisschen Distanz vom Erdboden verschwunden, und auch aus meinen Bewunderern sind Fans geworden. Für wen waren Sie noch mal da?

Ich? Ich wollte mit Ihnen ein philosophisches Gespräch –

Sie wollten mich nicht ablenken, richtig. Ja, die Menschentrauben sind überall. Man trifft jemanden und ist umringt, wirklich oder virtuell. Ich hätte nie gedacht, dass es einmal so weit kommen würde, aber das Wertvollste, was man heutzutage herstellen kann, ist Entfernung. Sie fehlt der Welt. Wenn jeder erreichbar, wenn alles verfügbar ist, wird Unnahbarkeit zum höchsten Gut. Oder arbeiten Sie auch für eins dieser Stars-zum-

Anfassen-Blätter? Dann frage ich Sie, welche Bedeutung haben Sterne, wenn sie nicht am Himmel stehen?

Er fragt nicht mich, natürlich, sondern sich. Das habe ich jetzt verstanden.

Die Wahrheit ist: Wir sind uns nicht näher gekommen, wir haben nur den Abstand verloren. Darin besteht die Tragödie der totalen Erreichbarkeit. Und der Gipfel der Distanzlosigkeit ist das »Selfie« mit Prominenten. Nicht wegen der Prominenten. Wer prominent ist, ist selbst schuld. Nein, das Selfie ist das Ende des Selbstporträts. Darum binde ich eine schwarze Schleife um jedes Bild.

Er bindet natürlich keine Schleife, schon gar nicht um jedes Bild.

Es kommt mir vor, als sei es schon unendlich lange her, dass ein Maler sich gemalt oder ein Fotograf auf sich selbst geschaut hat. Wie fremd und entrückt der Mensch sich einmal war, wie unverwandt. Das war das Interessante und Skandalöse am Selbstporträt damals: der Abstand zwischen Ich und Selbst. Beim Selfie dagegen – aber das wissen Sie so gut wie ich.

Ich sage gar nichts, auch nicht Ja.

Leider ist mit dem Abstand auch das Bild verschwunden. In welchem Ausmaß, das ist uns allen, glaube ich, noch nicht klar. Wir tun immer noch so, als gäbe es Bilder. Aber es gibt keine Bilder mehr. Wenn alle Fotografen sind, überall, zu jeder Zeit, dann ist keiner Fotograf und nichts Fotografie. Das Fotografieren hat die Fotografie vernichtet. Kein Mensch fotografiert mehr, es wird nur noch draufgehalten. Ich hoffe, Sie brauchen kein Bild von mir.

Ich sage auch nicht Nein.

Es gibt keine Bilder mehr von mir – oder mehr Bilder von

mir als Zeit, sie anzuschauen, was dasselbe ist. Was wir »Bilder« nennen, sind keine Ansichten von etwas, sondern Übergriffe. Sie legen sich wie ein Schmierfilm auf alles. Die Würde des Fotografierten ist ein Gerücht aus der Vergangenheit. Das ist der Grund, warum ich beschlossen habe, vor Jahren schon, schwarz-weiß zu werden.

Er ist tatsächlich schwarz-weiß. Wie sehr, das fällt mir erst jetzt auf.

Ein Bild sagt mehr als tausend Bilder. Diese schlichte Wahrheit haben wir vergessen. Von mir als Kind gibt es einundzwanzig Fotos. Oft nur eins pro Jahr. So viel Zeit steckt in einem Bild. Es sind vielleicht keine künstlerisch wertvollen Fotos, aber sie sind bedeutsam, weil der Augenblick, den sie festhalten, eine Ausdehnung hat über eine ganze Spanne Leben. Um ihre Bedeutung zurückzugewinnen, müssen die Bilder sich rar machen. Um wieder gucken zu können, brauchen wir ein Bildersterben. Ich bitte Gott darum. Doch das wird nicht passieren.

KL ist aufgestanden, wann genau, habe ich nicht bemerkt. Aber er denkt offenbar nicht daran, unser Gespräch zu beenden, sondern tänzelt durch den Raum wie in Gedanken, wie allein. Ich bleibe sitzen.

Ich bin kein Kulturpessimist. Kultur ist eine Form von Pessimismus wie jede Blüte, die weiß, nach mir kommt der Verfall. Es wird neue Blüten geben, andere, und ich freue mich schon auf die Abgesänge der YouTube-Generation, wenn sie den Untergang der Katzenvideos beklagt. Ja, ich bin zuversichtlich, dass die Katze YouTube überlebt und am Ende aller Filmchen wiedergeboren wird als Tier der Distanz, als das Entfernungswesen mit der größten Würde auf der Welt. Es ist bekannt, dass ich ein Katzennarr bin. Aber nur weil ich den Eigensinn verehre, die Arro-

ganz und Unantastbarkeit. Ich habe Hoffnung. Wir werden bald alles totfotografiert haben und uns die Augen reiben, uns ansehen und dann den revolutionärsten aller Gedanken denken: Ein Wort sagt mehr als tausend Bilder. Die Bilder haben das Sprechen verlernt. Sie lügen nicht einmal, weil sie längst die Fähigkeit verloren haben, die Wahrheit zu sagen. Alles nur Farbgelaber. Wenn sich das herumgesprochen hat, können wir uns vielleicht wieder unterhalten.

Er spricht wirklich sehr schnell. In dem Punkt hat Bertrand nicht übertrieben. Mitschreiben wäre ein Ding der Unmöglichkeit. Zum Glück habe ich mich zwecks Aufnahme nicht für mein iPhone entschieden, sondern für mein altes Diktiergerät. Das wirkt harmlos, bescheiden, nostalgisch. Leider zeichnet es nur aus nächster Nähe auf, weshalb ich es ständig neu ausrichten muss, während er hin und her geht.

KL bleibt stehen.

Aber Sie sind nicht vom SPIEGEL?

Ich? Nein, nein –

Natürlich sind Sie nicht vom SPIEGEL. Die Schnösel vom SPIEGEL kommen immer zu zweit, spielen Kreuzverhör oder Inquisition, stellen Fragen und meinen, sie wüssten die Antwort. Dabei erzählen sie nur Märchen. Die größten Märchenerzähler kommen vom SPIEGEL. Ich habe nichts gegen Märchenerzähler, aber die vom SPIEGEL erzählen Märchen, obwohl sie es besser wissen. Es sind Märchenzyniker. Sogar wenn sie den Mund halten, sind sie ungezogen. Sogar ihr Schweigen ist flegelhaft. Ich hatte mal zwei dieser SPIEGEL-Würstchen hier, vor Jahren schon. Nach den ersten drei Fragen habe ich das Gespräch abgebrochen und sie mir einzeln vorgeknöpft. Da waren sie windelweich und eigentlich ganz nett. Ich glaube, sie kommen nie wieder.

Verstößt das jetzt schon gegen das Lästerverbot, frage ich mich und schaue besorgt auf mein Diktafon. Doch KL scheint zu lächeln bei der Erinnerung. Dann zieht er die Brauen hinter seiner Brille wieder zusammen und wandert weiter über den Teppich.

Aber ich wollte ja nicht über Sie nachdenken! Und über den SPIEGEL habe ich schon vor Jahren nachgedacht, dem ist nichts hinzuzufügen. Ich bin wirklich nicht ganz bei der Sache heute. Schlecht geschlafen und unvollständig aus dem Bett gekommen. Ich bin froh, dass ich mittlerweile noch weniger Schlaf brauche als vor Jahren, heilfroh, dass das Schlafbedürfnis mehr und mehr nachlässt mit der Zeit. Leider nimmt auch das Gefühl des Wachseins ab. Und Wachheit ist für mich Lebenselixier. Wach habe ich mich am liebsten, müde nicht so gern. Müde Menschen kann ich nicht ausstehen und solche, die sich vor Müdigkeit gehen lassen, schon gar nicht. Ich lasse mich nie gehen, das ist mein Erbe, der Stock, den ich verschluckt habe und für den ich dankbar bin, weil er mich aufrecht hält. Aber ich verschwende ungern meine Kraft an müde Kinder, wenn Sie wissen, was ich meine.

Hatte Bertrand nicht gesagt, er sei mit dem richtigen Fuß aufgestanden? Wenn das der richtige ist, wie sieht dann der falsche aus?

Haben Sie Kinder?, fragt er mich plötzlich ganz direkt.

Ich nicke reflexartig.

Na, dann wissen Sie ja um die Wichtigkeit von Erziehungsfragen. Gerade wenn man schlecht geschlafen hat, zeigt sich, ob man eine gute Erziehung genossen hat oder nicht. Verrückt, nicht wahr, diese Redewendung? Nichts ist für unsere Mentalität bezeichnender als der Satz: »Ich habe eine gute Erziehung genossen.« Kein anderes Volk der Welt würde auch nur auf die Idee kommen, Erziehung und Genuss in Verbindung zu bringen! Seine Erziehung genießt man nicht, keine Sekunde, aber man kann sie genossen haben, im Nachhinein. Sie ist einem in Fleisch und Blut übergegangen, hat einem nicht geschadet, sondern im Gegenteil sogar gutgetan. Was in etwa die preußische Definition von Genuss wäre, Genuss in der Vergangenheitsform.

KL setzt sich wieder, flink irgendwie, und schlägt die Beine übereinander. Ich lege das Aufnahmegerät so beiläufig wie möglich zurück auf den Nussbaumtisch.

Sehr deutsch, natürlich, dieses Einverständnis mit der Disziplin, kreuzdeutsch, wenn Sie so wollen. Ich sage das mit einer gewissen Ironie, aber ohne mich darüber lustig zu machen. Die Steifheit und Strenge, das Hanseatische, das Preußische – wer hat sich nicht alles darüber lustig gemacht? Generationen von Hippies und Yuppies, die keine fremde Hilfe brauchten, um sich lächerlich zu machen. Das Preußische ist heute exotisch. Nehmen Sie das deutsche Pflichtgefühl! Haben Sie schon mal versucht, einem Amerikaner zu erklären, was Pflichtgefühl ist? Ich hatte endlose Gespräche darüber mit meinen amerikanischen – na ja – Freunden, Geschäftspartnern, eigentlich. Jede amerikanische Freundschaft ist im Grunde ein Deal. Die Amerikaner machen Geschäfte und haben ihren Spaß dabei, die Deutschen erlegen sich etwas auf und fühlen sich verpflichtet. Deswegen werden sich beide Seiten nie verstehen, Pflichtgefühl ist dafür das beste Beispiel. Die Amerikaner machen To-do-Listen und haken sie ab, step by step. Let's get the job done! Aber Pflicht »fühlen«, wo gibt's denn so was? Mittlerweile nicht einmal mehr in Deutschland.

Womöglich erwartet er doch irgendeine Reaktion, vielleicht ein ganz kleines Lächeln? Das Problem ist nur, dass KL überhaupt nicht so aussieht, als würde er Witze machen. Je spitzer die Formulierungen, desto größer die Bitterkeit um seine Mundwinkel.

Ja, die deutsche Mentalität ist auch nicht mehr, was sie mal war. Im Ausland schon, da werden wir noch immer für etwas gefürchtet, was wir schon lange nicht mehr sind. Im Ausland gibt es noch den pflichtbewussten Deutschen, in Deutschland ist er ausgestorben. Um sich davon zu überzeugen, muss man nur einmal nach Berlin fahren. Ich weiß, wovon ich rede. Ich bin emigriert. Ich lebe inzwischen dreimal länger im Ausland, als ich in Deutschland gelebt habe. Zwei Drittel der Zeit habe ich mich als Weltbürger auf internationalem Parkett präsentiert und den Deutschen in mir versteckt. Heute lebe ich in Frieden mit ihm, in friedlicher Koexistenz. Ich arbeite gut mit ihm zusammen. Wir haben eine Arbeitsbeziehung, die an Liebe grenzt. Nur wenn ich nicht arbeite, stört er mich. Zum Glück habe ich keine Freizeit.

Jetzt lächelt er doch. Er lächelt tatsächlich, und ich lächle auch. Ich glaube, ich habe sogar den Witz verstanden.

Natürlich hat sich in den letzten Jahrzehnten viel geändert, selbst in Deutschland, zumindest in den Medien. Das deutsche Fernsehen hat sich amerikanisiert, zu meinem großen Bedauern. Inzwischen gucke ich, wenn ich nicht schlafen kann, die Tagesschau von vor zwanzig Jahren, als sie noch richtig gut war. Das muss man wirklich sagen, Dagmar Berghoff ist Deutschlands größte Schauspielerin. Sie rührt mich zutiefst. Leider ist sie die einzige.

Ich bin mir nicht sicher, ob das nicht gegen das Klatsch-und-Tratsch-Tabu verstößt, deswegen räuspere ich mich vorsichtshalber.

Eine gute Idee übrigens, die Tagesschau zu wiederholen! Wir Deutschen lieben Wiederholungen. Neuheiten und Sensationen sind uns eigentlich zuwider. Deswegen wählen wir auch keine Kanzler ab, wenn es nicht sein muss – ganz abgesehen davon, dass ich nicht wählen gehe, ich kann Politiker so schwer auseinanderhalten. Doch es ist immer dasselbe Prinzip: Hier in Frankreich wird ein Politiker nach einer Amtszeit mit höchster Wahrscheinlichkeit abgewählt, auch wenn er alles in seiner Macht Stehende tut, in Deutschland wird er mit Sicherheit wiedergewählt, wenn er nichts tut. Dabei sind wir keineswegs zufriedener als die Franzosen, wir bleiben nur lieber bei dem, was wir haben, und können uns mit jedem Übel anfreunden, vorausgesetzt, es kehrt immer wieder.

Ich räuspere mich noch mal, beuge mich ein Stückchen vor und sage: Mit Verlaub, aber wollten Sie nicht in erster Linie über sich sprechen? Ich meine, nur dass wir nicht zu weit vom Thema –

Aber wenn ich über die deutsche Mentalität spreche, spreche ich über mich! Ich bin deutscher als die meisten Deutschen, gerade weil ich schon so lange im Ausland lebe. Im Inland hat sich weniger deutsche Mentalität erhalten als in mir durch meine Emigration. Ich habe sie noch mitbekommen, mitgenommen, die ganz alte Schule, und bis heute konserviert. Ich bin ein deutsches Mentalitätsmuseum, ein Vatikan der deutschen Tugenden, die wandelnde deutsche Tugend-Enklave – lachen Sie nicht!

Ich lache nicht.

Ich bin ein großer Anhänger der sogenannten deutschen Tugenden. Disziplin, Fleiß, Pünktlichkeit, das steht auf der Liste meiner wichtigsten Eigenschaften noch über Talent und gutem Geschmack. Sie glauben, wer diszipliniert und fleißig ist, der ist nicht wirklich kreativ? Wer zeitlos schafft, der kann nicht pünktlich sein, nicht wahr, das glauben Sie doch?

Ich?, frage ich zurück.

Ein Genie, das nicht raucht, nicht trinkt, kein Fleisch isst und auch sonst keine Drogen nimmt, ist kein Genie, das glauben alle – falls Genies überhaupt etwas essen und nicht nur rauchen und trinken, um die Drogen besser zu vertragen. Für ein Genie gelten andere Regeln als die gesellschaftlichen, am liebsten gar keine. Für ein Genie gelten nicht einmal die Naturgesetze, wenigstens bis zu seinem Tod. Ein Genie ist eine Ausnahme, es hat eine Ausnahme zu sein, das ist seine Regel. Alles, was an einem Genie normal ist, ist eine Enttäuschung. Genies sind eine Mischung von Kunst und Krawall im Verhältnis eins zu drei. Was sie zerstören, ist wichtiger als das, was sie schaffen, im Idealfall sich selbst, mindestens aber die Minibar. Und wenn ein Genie Verträge unterschreibt, dann hält es sie nicht ein, auf gar keinen Fall! Ein Genie, das zuverlässig ist, erfüllt zwar seine Verträge, aber nicht die Erwartungen. Wenn es noch dazu solide arbeitet, ist sein Ruf ruiniert. Ich sage Ihnen, ich kenne Kollegen – hochtalentierte, begnadete Künstler! –, die so mit dem Genialsein beschäftigt sind, dass sie überhaupt keine Zeit mehr haben zu arbeiten. Genie ist ein full-time-job. Mir persönlich ist das zu anstrengend.

Sie würden sich nicht als Genie bezeichnen? – Ich sehe KL an, er sieht mich an (wenigstens sieht es so aus).

Ich bin doch kein Genie!

Die meisten Leute halten Sie dafür …

Die meisten Leute halten Haute Couture für eine Käsesorte. Nein, ich bin kein Genie, das wüsste ich. Das Genie wurde erfunden aus Sehnsucht nach dem Außerordentlichen, ich bin or-

dentlich, sehr sogar. Es wurde erfunden, weil wir alle davon träumen, dass es eine Form von Arbeit gibt – die künstlerische –, die keine Arbeit ist, die sich nicht einmal anfühlt wie Arbeit, sondern wie höhere Gewalt. Genies warten darauf, dass eine Eingebung sie überkommt, ich setze mich auf den Hosenboden. Genies werden von Musen geküsst, ich trinke – als höchstes der Gefühle – eine Cola light.

Sie haben keine Muse?

Ach Gott, wenn ich daran denke, wie viele Musen ich in meinem Leben schon gehabt haben soll, und ich weiß noch immer nicht, was das ist. Sicher, es gibt Mädchen – Jungen auch –, zu denen mir das eine oder andere einfällt oder eingefallen ist, früher mal. Und es gibt eine Menge Leute, zu denen mir nichts einfällt. Wem geht das nicht so? Der Unterschied ist, ich habe daraus einen Beruf gemacht. Ich beobachte Menschen, einige gern, andere ungern. Aber wer oder was meine Muse sein soll, erfahre ich immer nur aus der Zeitung.

Und Dämonen haben Sie auch keine?

Dämonen?

Sie haben nie Hotelzimmer verwüstet?

Verwüstet? Nein. Höchstens umgeräumt. Verschönert!

Und sich nie daneben benommen?

Ich habe manchmal etwas gesagt, über das sich gewisse Leute noch ein bisschen mehr geärgert haben als beabsichtigt. Aber das lag vor allem an den Leuten. Mein Benehmen war immer tadellos. Ich achte sehr auf Contenance, auf Haltung. Was das angeht, funktioniere ich von außen nach innen. Das ist das Hanseatische an mir. Ist man außen tipptopp, ist man innerlich aufgeräumt. Sie werden völlig unterschätzt, die äußeren Werte. Probieren Sie's aus.

Ich probiere es schon die ganze Zeit, falls Contenance bedeutet, keine Miene zu verziehen. (Das sage ich natürlich nicht.)

Einen Menschen mit Haltung erkennen Sie auf hundert Meter Entfernung. Und warum? Weil er sich selbst zusieht, mit strengem Blick. So haben sich die alten Griechen übrigens das Verhalten der Menschen erklärt. Sie hatten verschiedene Göttinnen und Götter: der Liebe, des Krieges, der Eifersucht et cetera. Und je nachdem, von welchem Gott man angeschaut wird, so – glaubten sie – verhält man sich auch. Nicht die Götter haben sich wie Menschen aufgeführt, sondern die Menschen wie die Götter, deren Blick auf sie fällt. Wenn jemand vor Eifersucht rast, ist es Hera, Zeus' neidische Gattin, die ihm gerade zusieht. Verstehen Sie? Der Blick des Betrachters bestimmt, wer Sie sind. Deswegen bin ich so ungern im Fernsehen. Wenn Sie von Massen angeschaut werden, werden Sie Masse.

Aber es schauen doch alle auf Sie …

Was keine Rolle spielt, solange ich mein kritischster Zuschauer bin und bleibe. Ich würde es mir nie verzeihen, wenn ich die Form verliere. Es gibt im Leben keine größere Bedrohung als den Formverlust. Und das hat mit dem Blick zu tun. Sie merken jedem Menschen an, wer ihn anschaut und wie er sich selbst sieht, wie streng oder selbstverliebt, akkurat oder nachlässig, in voller Beleuchtung oder mit Weichzeichner. Sie werden auch viele Leute finden, die kaum noch einen Blick für sich haben, die – vielleicht weil sie schon lange allein leben – ohne Außenspiegel unterwegs sind, ohne einen Menschen, der ihnen sagt: »Du hast da was am Kragen, Schatz!« Oder: »Mach nicht so ein Gesicht!« Und Sie werden einige entdecken, die sich komplett aus den Augen verloren haben und nur noch in den Nebel ihres Innern star-

ren, Junkies ohne jede äußere Form. Und damit meine ich nicht nur die Gestrandeten auf der Straße. Es gibt genauso viele Junkies, Formblinde unter den oberen Zehntausend. Aus dem Grund nehme ich keine Drogen, nie. Ich will ihn nicht verlieren, meinen unbestechlichen Blick auf mich. Ich muss mich immer im Auge behalten, auch wenn das heute nicht mehr so nötig ist wie früher.

Und es ist Ihnen immer gelungen?

Vielleicht nicht immer, dazu kannte ich mich damals nicht gut genug, aber immer, wenn's drauf ankam. Ich hatte das Glück, schon sehr früh genügend abschreckende Beispiele vor Augen zu haben: Künstler, die waren, wovon ich nur träumen konnte, und in kürzester Zeit wurden, was ich nie werden wollte. Ich kannte wirkliche Genies, die sich so zerstört haben, dass nichts mehr von ihnen übrig ist, nicht einmal die Namen. Sicher, ein früher Tod macht sich gut im Lebenslauf – so entstehen Legenden! Aber die Realität ist ein anderes Land. Ich kann nicht mal sagen, dass sie mir leidtun, die jungen Toten. Es tut mir leid um sie: weniger um das, was sie waren, als um das, was sie hätten sein können. Immerhin habe ich von ihnen eins gelernt: dass ich am Leben bleiben will. Und dafür bin ich ihnen dankbar. Sie haben an die einzige Kraft in mir appelliert, die noch mächtiger ist als mein Sinn für das Schöne und der Wille zur Mode: mein Selbsterhaltungstrieb. Dank ihnen habe ich verstanden, dass Talent in der Kunst nichts ist, dass es viele begabtere, bessere Leute gibt als mich, die es aber nicht schaffen werden, weil ihnen das Entscheidende fehlt: Disziplin. Ich bin keine außerordentliche Begabung, aber ich bin ein Gigant an Disziplin. Deswegen bin ich noch da. Und sie nicht.

Sie waren nie in Gefahr? Nie in Versuchung?

Ich bin kein toxischer Typ. Gifte interessieren mich nicht, außer vielleicht Süßstoff. Nein. Die größte Versuchung in meinem Leben sind die hochbezahlten Jobs, die mir angeboten werden. Und die größte Gefahr ist, dass mir nicht gefällt, was ich mache. Meine Arbeit ist mein Privatleben. Ich bin seit vielen Jahren glücklich mit ihr verheiratet.

Und welcher Gott schaut Sie an?, frage ich.

Zum ersten Mal verstummt KL und sieht mir ins Gesicht (definitiv). Dann senkt er den Blick und verharrt in dieser Haltung, lange, für seine Verhältnisse, sehr lange. Er ist ganz still, jede Faser seines Körpers. Jetzt ist es passiert, denke ich, ich habe sein Selbstgespräch unterbrochen. Der Faden – dieser sich schnell abspulende, immer neue Gedanken vernähende Faden – ist gerissen. Es scheint, als wäre KL auf einmal weit weg. Leise, beinahe flüsternd wiederhole ich: Sieht Ihnen noch jemand zu, außer Ihnen?

Das ist eine sehr intime Frage.

Verzeihung, ich wollte Ihnen nicht –

Nein, nein … schon gut. Nur nicht jetzt, jetzt nicht, später vielleicht. Vielleicht antworte ich Ihnen später.

Die Tür öffnet sich. Bertrand, durchzuckt es mich, unsere Gesprächszeit ist um! Doch es ist nur der Butler, der hereinkommt, mit einer Cola light auf einem Silbertablett. Ich frage mich, wer ihm das Kommando gegeben hat. Wie kann er wissen, dass der Meister eine Erfrischung braucht und jetzt die beste Gelegenheit ist, sie zu servieren? Gibt es einen geheimen Knopf oder irgendeine Service-App, mit der KL ihn ruft? Oder werden wir abgehört? Vermutlich sind hier überall versteckte Kameras installiert, und irgendwo in einer Schaltzentrale mit lauter Monitoren sitzt Bertrand und sieht uns zu –

nicht als Bertrand, sondern als Stellvertreter des Künstlers, als sein immer waches, wachsames Auge.

KL nimmt einen ersten Schluck und einen zweiten. Dann sieht er mich an, ganz bestimmt, er fixiert mich! Und es ist nicht nur sein Blick, wie mir schlagartig klar wird, in seiner Brille befinden sich Minikameras, es kann gar nicht anders sein. Er sieht und filmt mich die ganze Zeit.

Was für ein Buch soll es denn werden?

Buch?, frage ich.

Sie wollten doch ein philosophisches Gespräch mit mir führen für dieses Buch, das Sie schreiben: Was soll das werden?, fragt er, das Cola-Glas noch halb erhoben.

Ich – ich stocke.

Und sollten Sie nicht langsam mit Ihrem philosophischen Gespräch anfangen? So was braucht doch sicher seine Zeit …

Ich nicke. (Natürlich hat er sich informiert, wer ich bin und was ich will, sonst hätte er mich nie empfangen.)

Also, worüber reden wir?

Wenn ich das sagen darf, sage ich, das Thema – von dem ich Sie auf keinen Fall abbringen möchte – sind im Großen und Ganzen Sie.

Ich? Das Thema eines philosophischen Gesprächs? Die Kameras in seiner Brille sind noch immer auf mich gerichtet. Jetzt stellt er die Fragen.

Ja, ich interessiere mich für Sie als Philosoph, für Ihre philosophische Meinung von sich und der Welt –

Meine philosophische Meinung von mir?

Und der Welt, wie gesagt, sage ich.

Meine philosophische Meinung von mir ist: Ich bin kein Philosoph.

Das … ja! Das ist gut gesagt. Aber, mit Verlaub, ich würde eher sagen, das ist Ihre persönliche Meinung.

Sie sind anderer Ansicht? KL trinkt noch einen Schluck Cola, bevor er das Glas abstellt.

Ihre persönliche Meinung ist Ihnen natürlich unbenommen. Aber ich habe all Ihre Interviews der letzten Jahre gelesen und festgestellt, dass Sie immer nur bis zu einem gewissen Punkt gehen und dann vom Thema abkommen.

Pfff!, macht er und dazu eine wegwerfende Handbewegung.

Kurzum, sage ich schnell, ich bin zu der Erkenntnis gelangt: Die Journalisten stellen Ihnen die falschen Fragen, und Sie wiederum sagen nur einen Bruchteil von dem, was Sie zu sagen haben. Ja, eines Tages, beim Lesen Ihres tausendundersten Interviews, hat es plötzlich »klick« gemacht, und ich dachte: Eigentlich sind Sie der letzte lebende Philosoph, und es wird höchste Zeit, dass Ihnen jemand die richtigen Fragen stellt, keine journalistischen oder persönlichen – was heutzutage auf dasselbe hinausläuft –, sondern philosophische.

Die Journalisten stellen genau die richtigen Fragen, nämlich die, die sie immer stellen. Ich gebe seit einem halben Jahrhundert ein und dasselbe Interview, nicht immer wieder, sondern fortlaufend. Es hat nie aufgehört. Und an die Fragen bin ich mittlerweile so gewöhnt wie an die Dudelmusik im Fahrstuhl. Ich nehme sie kaum noch wahr. Nur manchmal kommt mir irgendeine Phrase zu Bewusstsein und erinnert mich daran, dass ich im Fahrstuhl bin. Dann schaue ich kurz hoch nach der Nummer des Stockwerks und denke: Ach, da sind wir gerade!

Ja, aber … das ist genau mein Eindruck, dass Sie ganz anders reden könnten, wenn man Sie anders fragen würde und Sie frei wären zu sagen, was Sie wirklich denken!

Wie kommen Sie darauf, dass ich nicht frei bin?

Natürlich sind Sie frei, einer der freiesten Menschen unserer Zeit. Aber wenn Sie den Raum hätten zu sagen, was Sie denken –

Wie kommen Sie darauf, dass ich nicht sage, was ich denke?

Natürlich tun Sie das, Sie sind sogar einer der wenigen Menschen, die heute noch sagen, was sie denken. Aber wenn Sie den Raum hätten –

Ich nehme mir den Raum, den ich brauche.

Sicher, aber die Frage ist doch: Warum schrecken ausgerechnet Sie vor einem Buch über sich zurück?

Weil ich es nicht brauche. Und die Welt im Übrigen auch nicht. Meine persönliche Meinung.

Sie meinen, die Welt braucht kein Buch von Ihnen?

Ich habe vielleicht keine besonders »philosophische« Meinung von mir, aber eine sehr philosophische Meinung vom Buch.

Ich wusste, dass Sie das sagen würden, also nicht genau das, aber etwas in der Art, weil Sie in fast allen Interviews mit Ihrer Oberflächlichkeit kokettieren und davon sprechen, dass Sie nur schwadronieren, wenn Sie in Wirklichkeit philosophieren.

Wenn ich sage, ich schwadroniere, schwadroniere ich auch.

Auch, ja. Aber nicht nur. Sie philosophieren.

Das wüsste ich.

Sehen Sie? Genau das meine ich mit Koketterie!

KL sieht jetzt haarscharf an mir vorbei ins Leere. Zum ersten Mal wirkt er etwas müde oder traurig oder beides. *Ich habe schon vor Jahren aufgehört zu kokettieren, erst recht mit mir selbst …*

Wenn er jetzt aufsteht, denke ich, wenn er jetzt seine behandschuhte Hand hebt und abwinkt, ist es aus! Unser Gespräch steht kurz vor dem Abbruch. Ich kann nur hoffen, dass die Cola light ihn schnellstens wieder munter macht. Andererseits ist KL Cola-light-Pegeltrinker, da bewirkt ein halbes Glas gar nichts.

Was ich damit nur sagen wollte, sage ich, ich halte Sie für einen Philosophen und jede Widerrede Ihrerseits für falsche Bescheidenheit. Ich glaube, es gibt zurzeit keinen philosophischeren Gesprächspartner auf der Welt als Sie. Das glaube ich wirklich.

KL senkt den Blick. Eigentlich hatte ich ihn damit aufmuntern wollen, doch er schaut bloß vor sich hin auf die Cola in seinem Glas, an deren Oberfläche einzelne Kohlensäurebläschen zu einem feinen Tropfennebel zerplatzen.

Sie glauben, Sie können mich philosophisch betrachten, und schon kommt ein Philosoph dabei raus. Aber so einfach ist das nicht.

Er sagt das so matt und kraftlos, dass ich mich nicht traue, dagegenzuhalten. Dabei wäre es ganz im Sinne seiner Theorie über die Macht des Betrachters.

Nennen Sie mir ein Beispiel, einen Grund für Ihre philosophische Meinung von mir …

Nun ja, Sie sind, zum Beispiel, unsterblich.

Unsterblich?

Sie werden es abstreiten, ich weiß, aber unsterblicher als Sie ist kein Mensch je gewesen.

KL befeuchtet kurz seine Lippen, wie um etwas zu erwidern, schweigt dann aber – bei seinem hohen Redetempo eine Vollbremsung. Es kommt mir vor, als hätte er die Kameras in seiner Brille abgeschaltet, so erloschen sitzt er plötzlich da, die Brille wie ein schwarzer Balken.

Sie wollen also, dass ich ein Buch schreibe? Wie kommen Sie überhaupt darauf, dass ich schreiben kann?

Aber Sie schreiben doch! Haben Ihre eigene Zeitschrift …

Für eine Zeitschrift muss man nicht schreiben können, nur schwadronieren, aber für ein Buch …

Sie haben wirklich eine sehr hohe Meinung von Büchern.

Nicht von allen, aber von dem Buch, das ich schreiben können müsste.

Sie brauchen es ja nicht zu schreiben, es reicht, wenn Sie es sozusagen sprechen, einigermaßen deutlich und bitte hier rein. (Ich mache eine vage Handbewegung Richtung Diktiergerät.)

Ach, so ein Buch meinen Sie, ein Prominentenbuch.

Da es kaum jemanden gibt, der prominenter ist als Sie …

Warum sollte ich so etwas Gewöhnliches tun?

Gewöhnlich?

Jeder Prominente schreibt heute ein Buch.

Sie brauchen es ja nicht zu schreiben, wie gesagt, nur zu sprechen.

Jeder Prominente spricht heute ein Buch.

Dass es auch große Dichter gibt, die ihre Bücher diktiert haben, will ich einwenden, doch KL erreicht wieder Normalgeschwindigkeit.

Jeder C-Promi faselt heute ein Buch zusammen und zieht damit durch die Talkshows, um noch mehr darüber zu faseln. Es gibt gar keinen Unterschied mehr zwischen Buch und Talk, zwischen Schreiben und Schwafeln.

Aber das wäre nicht die Idee, sondern –

Siebzehnjährige schreiben ihre Memoiren, Siebzigjährige schreiben sich jung. Die Talkshow ist wirklich das zweitschlimmste, was einem Buch passieren kann.

Das Zweitschlimmste?

Das Schlimmste ist Prominenz.

Gut, aber –

Prominenz schadet dem Buch. Dieser Satz müsste eigentlich in jeder Buchhandlung in Großbuchstaben über der Kasse stehen. Um ein wirklich gutes Buch zu schreiben, muss man unbekannt sein. Deswegen schreibt jeder Schriftsteller auch im Grunde nur eins. Wenn man prominent ist, ist es zu spät.

Aber es kommt doch auf das Buch an!

Eine Zeit lang habe ich tatsächlich gedacht, ich sollte vielleicht aufhören zu schwadronieren und anfangen zu schreiben. Den Gedanken hat vermutlich jeder irgendwann einmal, in einer schwachen Stunde. Aber dann hatte ich eine noch bessere Idee: Lass es lieber! Ich werde der einzige Prominente sein, von dem es kein Buch gibt. Das ist mein Beitrag zur Rettung der deutschen Literatur.

Das spricht natürlich für Sie –

Obwohl ich schon angefangen hatte, ein Buch zu schreiben, zwei sogar.

Wirklich?

Ich hatte aus Versehen eine Folge von »Dschungelcamp« eingeschaltet – eine Sendung, die offenbar alle nur aus Versehen einschalten –, und da sah ich es auf einmal vor mir: mein Buch, fix und fertig, samt Einband und Titel.

Was denn für ein Titel?

»Zurück zur Kultur!« – Aber dann kam diese Anfrage von »Germanys Next Topmodel«, und Bertrand meinte, bevor ich absage, müsste ich wenigstens eine Minute davon sehen, und da stand mir urplötzlich ein zweites, ganz anderes Buch vor Augen: der Einband noch nicht bis ins letzte Detail, aber der Titel.

Und, wie hieß es?

»Zurück zur Natur!« – Leider schloss sich das aus. Ganz abgesehen davon, dass wir heute weder Kultur noch Natur besitzen, sondern in einer Zeit leben, die sich von beidem gleich weit entfernt hat. Ja, uns ist tatsächlich das Kunststück gelungen, jede Natürlichkeit zu verlieren und gleichzeitig kulturell immer tiefer zu sinken. Wir haben uns von der Natur entfremdet, sind aber auch nicht kultivierter geworden, sondern nur noch primitiver. Wir haben der Verfeinerung ein Schnippchen geschlagen und sind auf die unnatürlichste Weise verroht.

Was ja bedeuten würde, wir hätten beide Bücher nötig.

»Nötig«! Alles, was wir nötig haben, ist mir suspekt. Meine Leidenschaft ist das Unnötige.

Aber wenn Sie sagen, wir haben uns sowohl von der Natur als auch von der Kultur entfernt, gleich weit, dann müssen wir doch zurück zu beidem. Dann müsste Ihr Buch eigentlich heißen: »Zurück zur Natur und Kultur!«

Das ist wirklich eine großartige Buchidee! Und das Beste ist, sie passt genau zu meinem Gedanken: Lass es lieber.

Sie wollen wirklich kein Buch schreiben?

Lieber ein guter Schwadroneur als ein schlechter Schriftsteller.

Einverstanden. Nur mit den richtigen Fragen, und auf den Versuch käme es an, würde aus Schwadronieren vielleicht Philosophieren oder zumindest ein Schwadrosophieren, ein höheres –

»Schwadrosophieren«? Haben Sie das gerade erfunden oder hatten Sie es sich vorher überlegt?

Die Schwadrosophie haben Sie erfunden. Ihre Interviews sind voll davon. Ich finde nur, dass die Stunde gekommen ist, sie ernster zu nehmen, als Sie das offenbar selber tun, und daraus ein Buch zu machen: Ihr Buch als der Schwadrosoph unserer Zeit.

Nein.

Ihre Zurückhaltung in allen Ehren, aber Sie haben doch schon angefangen. Verraten Sie mir den ersten Satz?

Nein.

Natürlich nicht, der erste Satz sagt ja im Grunde alles. Aber vielleicht verraten Sie mir wenigstens, sagen wir, den Titel des ersten Kapitels?

Wollen Sie mir das ganze Buch aus der Nase ziehen?

Gibt es ein ganzes Buch?

Nein.

Na also …

Verzicht.

»Verzicht« ist der Titel des ersten Kapitels?

Nicht gut?

Doch, doch. Interessant!

So lautet auch der erste Satz. Ich verzichte.

Das ist Ihr erster Satz?

Nicht gut?

Doch, doch! Im Buch der Kultur oder im Buch der Natur? Ich meine, wohin genau wollen Sie damit zurück?

Zu beidem.

Indem Sie verzichten?

Verzicht ist der Anfang von allem. Und übrigens auch das Ende. Der erste und der letzte Satz.

Und worauf verzichten Sie, wenn ich fragen darf?

Doch KL antwortet nicht. Er lächelt nur auf seine zartbittere Weise und streckt die Hand aus – ich bemerke erst jetzt die schwarzen Spitzenapplikationen über den Fingerknöcheln seiner Lederhandschuhe. Doch er winkt mich nicht weg, senkt nicht den Daumen, sondern nimmt stattdessen das halbleere Glas und trinkt in kleinen, gemessenen Schlucken, trinkt es aus und stellt es zurück auf den Kreisabdruck auf dem Stoffuntersetzer, haargenau, penibel beinahe. Immerhin, denke ich, es ist zwar nicht ganz das philosophische Gespräch, das ich mir erhofft hatte, aber er redet wieder, redet weiter, auch wenn es der Geist der Cola light ist, der aus ihm spricht.

Ich muss jetzt arbeiten, sagt er und steht auf.

Zuerst denke ich, ich höre nicht richtig, so unvermittelt kommt sein Aufbruch. Doch es ist das Ende, eindeutig, wie von Bertrand angekündigt, meine Zeit mit KL ist um.

Warten Sie, rufe ich ein bisschen zu vorlaut und wiederhole leiser, bitte, warten Sie! Nur eine letzte Frage, eine allerletzte Antwort, dann verzichte ich auch …

KL lächelt immer noch oder noch mal, schräg hinter mir stehend. Sein Gesicht schwebt im Raum, eine streng geschnittene Form. Doch seine sonst so maskenhafte Miene hinter der schwarzen Brille wirkt auf einmal wie aufgehellt, beinahe freundlich.

Ich weiß, was Sie sagen wollen. Man kann nicht die Parole ausgeben: Zurück zur Kultur, zurück zur Natur! Und gleichzeitig Cola light trinken. Man kann nicht von Verzicht reden und dabei dieses Gebräu konsumieren, den Inbegriff der Natur- und Kulturlosigkeit. Aber das täuscht. Ich konsumiere nicht. Cola ist für mich kein Genuss-, sondern ein Produktionsmittel.

Und worauf verzichten Sie?

Selbst wenn ich wollte, dürfte ich es Ihnen nicht sagen: Berufsgeheimnis.

Berufsgeheimnis?

Hat Ihnen Bertrand das nicht erklärt?

Doch, doch. Aber ich sehe, ehrlich gesagt, keinen Zusammenhang zwischen der Idee des Verzichts und Ihrer neuesten Kollektion …

Darin besteht ja das Geheimnis.

Und wenn ich verspreche, Sie nicht zu zitieren?

Also gut, letzte Antwort. Mit Verzicht meine ich nicht das, was Sie denken, keine privaten Dinge, sonst hätte ich Enthaltsamkeit gesagt. Ich meine den Konsum. Ich konsumiere nichts, ich bin Produzent durch und durch – und jetzt entschuldigen Sie mich, ich muss produzieren.

Aber Sie leben doch vom Konsum, versuche ich ihn aufzuhalten, also davon, dass Sie eine Marke sind und die Leute Sie kaufen.

Das ist der Widerspruch, der mich ausmacht. Ich arbeite wie am Fließband und produziere Luxus, reinsten Luxus.

Und das können Sie mit sich vereinbaren? Ich meine, nach allem, was Sie gesagt haben über unsere Entfernung von Natur und Kultur gleichermaßen, müssten Sie die Leute doch zum Verzicht anhalten …

Glauben Sie wirklich, die Leute lassen sich von irgendwem zu irgendetwas anhalten? Die Zeiten sind zum Glück vorbei. Jeder muss für sich selbst entscheiden. Und ich habe mich entschieden: für meine Arbeit, ganz und gar. Ich bin ein Fließbandarbeiter im Luxussegment.

Das heißt, Sie machen genau das Gegenteil von dem, was Sie den Leuten verkaufen. Sie üben Verzicht und Ihre Kunden schwelgen im Überfluss!

KL ist tatsächlich stehen geblieben. Ich halte ihn von der Arbeit ab, das spüre ich deutlich. Die Kameras in seiner Brille zoomen an mir vorbei in die Ferne. Doch ER zürnt nicht, er lächelt – nicht wieder, sondern ganz neu, ohne jede Bitterkeit, beinahe schelmisch.

Meinen Kunden geht es ums Haben und Zeigen, mir geht es ums Tun. Haben ist eine Totform der Tätigkeit, die mich nur interessiert, solange sie lebendig ist. Wenn ich an etwas arbeite, ist es das Allerwichtigste. Wenn ich damit fertig bin, ist es pfff!

Aber wenn Besitz Sie nicht interessiert, was wollen Sie dann in der Welt der Reichen und Schönen?

Ich wandle nachts die Schaufenster entlang und schaue mir die vielen schönen Dinge an, die ich alle nicht brauche.

Wie Diogenes, der Philosoph in der Tonne, seinerzeit auf dem Markt von Athen …

Ich bin kein Philosoph, wie gesagt, ich zeichne nur.

Sie entwerfen Mode, konsumieren sie aber nicht?

Sie spielen auf meine Garderobe an? Das, was ich trage, ist keine Mode, sondern die Uniform, die ich vor Jahren für mich erfunden habe und die mir die meistgestellte Frage der Welt erspart: Was ziehe ich heute bloß an? – Verzicht hat enorme Vorteile.

Wenn alle so denken würden, wären Sie arbeitslos.

Das tritt nie ein. Die Illusion, dass man Schönheit kaufen und besitzen kann, ist so alt wie die Menschheit. Wenn wir daran nicht glauben würden, gäbe es keinen Fortschritt. Und noch weniger Schönheit.

Ist es nicht trotzdem eine Art von Betrug, frage ich vorsichtig. KLs schelmisches Lächeln verschwindet nicht ganz, sondern zieht sich in seine Mundwinkel zurück.

Jeder nach seinen Fähigkeiten, jedem nach seinem Bedürfnis. Den Satz könnte ich mir über den Zeichentisch hängen.

Er ist von Karl Marx!

Ich weiß. Aber er passt eigentlich ganz gut zu Chanel.

Schwer zu sagen, wie ernst er das meint. In Gedanken scheint KL schon zu zeichnen. Ich weiß nicht einmal, ob er mich noch hört.

Und Sie sind wirklich so bedürfnislos?

Mein größtes Bedürfnis ist arbeiten zu können. Ganz ohne Koketterie. Ich bin ein Held der Arbeit, ein Kommunist am äußersten Ende der Dekadenz. Nur dass mich nicht interessiert, was ich bin, sondern einzig und allein, was ich mache. Solange ich es mache.

Er geht zwei, drei Schritte zur Tür, legt die Hand auf die Klinke.

Das war jetzt aber sehr philosophisch. Darf ich Sie wirklich nicht zitieren?, rufe ich ihm nach.

Das war auch nicht philosophischer wie alles andere.

Philosophischer »als«.

Bitte?

KL öffnet die Tür, dreht sich aber halb um. Zum ersten Mal sehe ich ihn im Profil.

Sie sagten, »philosophischer wie« alles andere, es muss »als« heißen: »als alles andere«.

Dann ist es wohl nicht philosophisch.

Ich würde das selbstverständlich bei der Abschrift verbessern, für die Druckversion.

Kommt gar nicht infrage!

Was jetzt? Dass es gedruckt wird oder dass ich Sie verbessere?

Im Profil wirkt KL noch schmaler, beinahe wie ein Hologramm seiner selbst. Er passt genau durch den Türspalt.

Beides, sagt er endgültig.

Sie bestehen auf einem falschen Komparativ?, frage ich trotzdem noch einmal nach.

Das ist kein falscher Komparativ, sondern ein Gruß an die Heimat. Und jetzt sagen Sie Adieu zu Bertrand …

Von Weitem höre ich noch KLs Stimme, sehe ihn aber nicht mehr. An seiner Stelle steht Bertrand in der Tür, dreidimensional und massiv, ganz stummer Vorwurf.

Ich beuge mich über den Tisch, schalte das Aufnahmegerät aus. Natürlich müsste ich mit Bertrand abklären, inwieweit ich das Gesagte verwenden darf und ob es überhaupt eine Chance gibt auf Autorisierung. Aber ich habe das Gefühl, dass ich mir bloß ein Nein einhandle, wenn ich jetzt frage. Wie nebenbei stecke ich das Gerät in die Tasche, greife nach dem unberührten Wasserglas auf dem Silbertablett vor mir und nehme einen Schluck. Mein Mund ist ganz trocken, das Wasser von öliger Beschaffenheit. Sanft und sehr nachvollziehbar gleitet es mir durch die Kehle.

Bertrand steht unbewegt in der Tür und schaut zu, so wie er vermutlich die ganze Zeit zugeschaut hat an seinem Monitor. Er wirkt nicht sehr erfreut.

Es tut mir leid, dass ich überzogen habe, entschuldige ich mich für die geringste meiner Grenzüberschreitungen. Bertrand geht nicht darauf ein.

Alors, haben Sie alles?, erkundigt er sich trocken.

Ja, ja, sage ich. Entschuldigen Sie vielmals, aber es war so schnell, so intensiv, das Gespräch, ich habe die Zeit ganz aus den Augen verloren. Ich hoffe, ich habe ihn nicht zu sehr beansprucht …

Allez!

Bertrand streckt den Arm aus, wie um mich aus dem Raum zu lotsen. Ich bin hier nicht länger erwünscht. Als wir in der Tür dicht voreinander stehen, sieht er mir direkt in die Augen.

Halbe Stunde hatten wir gesagt. Es waren genau vingt-sept minutes, trentes secondes. Das macht deux minutes et demie, temps gagné.

***

WER IST BS WIRKLICH?

Im Zug zurück treffe ich zufällig BS. Das heißt, ich treffe sie nicht, ich begegne ihr. Wir sitzen uns gegenüber im Bordbistro, und es dauert einen Moment, bis ich sie erkenne, dabei hatte ich gestern noch ihre Sendung gesehen. Doch sie sieht gar nicht aus wie BS, sondern allenfalls wie eine Vorstufe von ihr. Auf den ersten Blick wirkt sie ziemlich unscheinbar, auf den zweiten wie jemand, aus dem sich vielleicht BS machen ließe (mit ein bisschen Fantasie und Make-up). Und es dauert einen Augenblick, bis ich auf den Gedanken komme, BS selbst könnte so aussehen wie jemand, aus dem sich BS machen ließe, zumal jeder andere an ihrer Stelle sich vermutlich – mit Hilfe von Make-up und ein bisschen Fantasie – zurechtmachen würde wie BS, nur BS selbst nicht, wenn sie frei hat. Weshalb ich zu dem Schluss komme, dass die Frau im Bordbistro mir gegenüber niemand anderes ist als sie.

BS schaut von der Speisekarte auf, und ich denke: eindeutig! Mit dem richtigen Licht und einer entsprechenden Kameraeinstellung ließe sich daraus der Augenaufschlag machen, der ihr Markenzeichen geworden ist. Und dann könnte man in einer langen, langsamen Zufahrt ihre großen, immer leicht erstaunten Augen in Szene setzen und ihren berühmten, leichten (aber wirklich nur ganz leichten und sehr berühmten) Silberblick. Wobei mich BS tatsächlich mit keinem ihrer beiden großen Augen ansieht. Vielmehr sieht sie links und rechts an mir vorbei, während ich mir größte Mühe gebe, sie nicht anzustarren, oder zumindest nicht so auszusehen, als würde ich sie anstarren. Ich betrachte sie nur aus den Augenwinkeln, weil man aus den Augenwinkeln nicht starren kann, während ich ihr Gesicht – die Seitenansichten ihres Gesichts – genau unter die Lupe nehme, jedes Fältchen, jeden Krähenfuß, jede Hautunebenheit, die ich vor meinem geistigen Auge weg- und wieder hinretuschiere – wirklich erstaunlich, was sich aus ihr alles machen lässt!

Aber ich will nicht indiskret sein. Ich will sogar sehr diskret sein. Wenn ich BS auffalle, was ich gerne würde, dann nur durch meine Diskretion und nicht dadurch, dass ich sie anstarre oder gar anspreche. Ich möchte auffallend diskret sein, ihr das Gefühl geben, dem diskretesten aller möglichen Gäste im Bordbistro gegenüberzusitzen, einem Diskretionsweltmeister! Allerdings müsste sie erst einmal wissen, dass ich weiß, wer sie ist, um würdigen zu können, dass ich sie dennoch in keiner Weise behellige oder belästige. Nur das ist Diskretion. Alles andere wäre Ignoranz, und ignorant will ich natürlich nicht sein. Ich hätte wirklich gerne, dass BS meine Diskretion zu schätzen weiß, fürchte aber, dafür ein bisschen indiskret sein zu müssen. Vielleicht spreche ich sie doch an – nur kurz. Vielleicht lächle ich ihr zu – flüchtig. Vielleicht zwinkere ich ihr zu – ganz beiläufig. Um dann wieder äußerste Diskretion zu üben und so zu tun, als wäre sie gar nicht da, vorausgesetzt, sie ist es wirklich und nicht irgendein unausgeschlafenes BS-Lookalike an seinem Bad-Hair-Day.

Sie hat die Haare zu einem Pferdeschwanz zurückgebunden, gar nicht streng, sondern locker, fast unordentlich. Einzelne Strähnen haben sich gelöst oder sollen so aussehen, als hätten sie sich gelöst und würden ihr mutwillig ins Gesicht fallen, sich zu Stirnlöckchen kräuseln oder sonst irgendein Eigenleben führen, das zeigt und zeigen soll, dass BS heute Urlaub hat von ihrem Bild und auch ihrem Haar freigegeben hat. Sie trägt es bewusst lässig, unbewusst sogar ein bisschen nachlässig, oder vielleicht auch bewusst nachlässig und unbewusst lässig. Schwer zu sagen, ob es auf ungekünstelte Weise kunstvoll oder auf kunstvolle Weise ungekünstelt ist. Sehr schwer zu sagen. Doch es ist hart arbeitendes Haar, kein Zweifel, wichtiges Haar, das gebraucht wird, gefragt ist, VIP-Haar, von Styling-Beratern durchgehechelt, von Maskenbildnern traktiert, von Friseuren seriell vergewaltigt und nur oberflächlich getröstet von Spülungen, Kurpackungen, Koffeinshampoo, weshalb an einem Tag wie heute (nach der Sendung) in einem Zug wie diesem (ohne Kamera) nicht mehr drin ist als eine Erschöpfungsfrisur.

Kein Bad-Hair-Day also, sondern ein verdienter Ruhetag, ein Tag in der Fernsehwoche, an dem BS nicht an ihre Haare denken muss oder zeigen darf und soll, dass sie nicht rund um die Uhr an ihre Haare denkt! Wobei womöglich auch das nur so aussieht. Vielleicht haben ihre Styling-Berater, Maskenbildner und Friseure BS geraten, gelegentlich einen Graue-Maus-Tag einzulegen, um ihren Zuschauern im Zug und an den Bistrotischen zu zeigen, dass es kein Zuckerschlecken ist, BS zu sein (wenn sie es denn ist), und schon gar nicht ihr Haar (wenn es denn ihrs ist). Schließlich muss es härter arbeiten als die Haare aller anderen Leute, mehr leisten und aushalten, als normalsterbliche Haare zu leisten und auszuhalten in der Lage sind. Man würde mit ihrem Haar bei aller Bewunderung um keine Frisur der Welt tauschen wollen. Ja, auf einmal empfinde ich fast so etwas wie Mitgefühl mit BS' viel beneideter blonder Mähne, ihrer legendären Lockenpracht. Sie tut mir leid, auch wenn es vielleicht genau das ist, was ihre Styling-Berater mit dieser Poor-Hair-Frisur bewirken wollten. Doch in dem Moment ertappe ich mich dabei, dass ich sie schon viel zu lange ansehe, anstarre wie der hinterletzte TV-Frosch, ihr Frisur-Martyrium, das Golgatha aus Fernsehhaar, es tut mir schrecklich leid, das wollte ich nicht, ich wollte absolut diskret sein, ich –

Die Antwort ist Ja. Ja, ich bin's, sagt sie plötzlich, mir ins Gesicht. Es ist unverkennbar BS' Stimme oder so gut wie unverkennbar, und selbst wenn ihre Stimme (unverstärkt, nicht ausgesteuert) vielleicht nicht hundertprozentig wie BS' Stimme klingt, sondern wie ihr eigenes Rohmaterial, so ist es doch unverkennbar BS' berühmt-berüchtigte Schlagfertigkeit, die ihre Talkgäste regelmäßig so mundtot macht wie mich in diesem Moment. Ich weiß nicht, was ich sagen soll, und unser Gespräch hat noch nicht einmal angefangen.

Oh, bitte keine falschen Komplimente! Ich weiß, wie ich aussehe.

Ich nicke, noch immer um Worte verlegen. Gerade wollte ich BS tatsächlich ein Kompliment machen (ein bisschen falsch, aber auch nicht falscher als üblich). Doch sie ist mir wie ihren Gästen wieder einmal einen Schritt voraus …

Gehen Sie einfach davon aus, dass ich schon weiß, wie Sie mich finden, während Sie noch überlegen, wie Sie mich eigentlich finden sollen.

Ich wollte Ihnen nicht zu nahe treten, sage ich, um irgendwas zu sagen, ich habe nur zufällig gestern Ihre Sendung gesehen. (Das hätte ich lieber nicht gesagt.)

Enttäuscht?

Wie bitte, frage ich. (Natürlich bin ich enttäuscht.)

Finden Sie es so erstaunlich, dass ich anders aussehe?

Was meinen Sie mit »anders«? (Sie kann Gedanken lesen.)

Als in Wirklichkeit.

Sie meinen, anders als im Fernsehen?

Oder so. – Den Salat, bitte!

BS bestellt über meinen Kopf hinweg bei einem unvermittelt ins Bild gestolperten Bahn-Uniformierten mit Schürze vorm Bauch und Notizblock in der Hand. Dabei zeigt sie mit ihrem manikürten, beige lackierten, fernsehreifen Zeigefinger auf einen für die Speisekarte abgelichteten Salatteller, sehr grün, mit sehr roten Radieschen in der appetitlichsten Phase ihres Lebens. Innerlich wette ich mit mir, dass sie ihn ohne Dressing essen wird, ohne Brot oder Baguettescheibchen, und wenn mit, dann ohne Butter. (Topp, die Wette gilt.) Der Bahn-Kellner notiert auf seinem Block »Salat« (oder die Nummer für Salat) und bleibt an unserm Tisch stehen, etwas zu neugierig, etwas aufdringlich, wie ich finde. Dann wird mir klar: Er wartet auf meine Bestellung. Ich sage: Wasser, BS auch. Ohne Kohlensäure, sagen wir wie aus einem Mund. *Und zum Nachtisch bitte einen grünen Tee,* fügt sie hinzu. Ein sehr gesunder Nachtisch, denke ich.

Wehe, Sie fangen jetzt an, mit mir übers Essen zu reden!

BS hebt drohend den Zeigefinger. Dann schaut sie wunderbar selbstironisch an sich herunter, so als müsste sie sich für ihren kurvigen Körper entschuldigen, was auch nur eine Art ist, ihn oder sich zu präsentieren. (So kurvig wie im Fernsehen wirkt sie gar nicht.)

Ich sehe ihr in die Augen und schüttele den Kopf.

Also, wo waren wir, bevor wir unwichtig wurden?, fragt sie mit einem Lächeln, als würden wir uns jetzt schon länger kennen, was ja auch irgendwie stimmt. Aber natürlich ist das nur eine Fangfrage. BS würde nie vergessen, wo ein Gesprächsabschnitt aufgehört hat und der nächste anfängt. Ein bisschen zu gekonnt nimmt sie den Faden wieder auf.

Ach ja, richtig! Ihnen war nicht klar, dass Fernsehen dick macht …

Dick? Wen denn? Die, die gucken, oder die, die geguckt werden? (Sowohl als auch, nehme ich an.)

Mich.

Sie?!

Fünf Kilo, sagt man, mindestens.

Fünf Kilo? – Ich starre sie fassungslos an, BS sieht wirklich sehr schlank aus. Doch es scheint ihr Ernst zu sein. Sie lässt den Blick durchs Bordbistro schweifen, wie um sich zu vergewissern, dass uns niemand belauscht. Doch von den übrigen Gästen hebt keiner den Kopf, und der Kellner ist vollauf mit seinen Notizen beschäftigt (offenbar fällt es ihm schwer, seine eigene Handschrift zu entziffern).

Zehn Pfund in der Regel bei Fernsehmännern. Bei Frauen im Fernsehen kommen immer noch ein paar Bosheitspfunde obendrauf, bedingt durch den Hungerblick der meisten Zuschauerinnen. Im Grunde hat das ganze weibliche Publikum zu Hause vor den Fernsehschirmen ein bulimisches Verhältnis zum eigenen Bild und dem ihrer Artgenossinnen, besonders den prominenten, wenn Sie wissen, was ich meine …

Ich nicke gleich zweimal, also mindestens einmal zu viel. (Reden wir jetzt doch übers Essen?)

Wo man auch hinschaut, herrscht diese Diätoptik, die übrigens von den weiblichen Zuschauern immer mehr auf die männlichen übergreift, eine Art kollektive Wahrnehmungsstörung, ge-

speist von der Hysterie, zu fett gefunden zu werden, und allzeit bereit, andere zu fett zu finden.

Aber das kann man von Ihnen nun wahrlich nicht behaupten! – Werde ich es also doch noch los, mein Kompliment, kein falsches, sondern ein wahres, auch wenn ich finde, dass BS in Wirklichkeit erschreckend dünn aussieht, geradezu abgemagert, ganz anders als das Vollweib, das sie in ihrer Sendung ist.

Hinzu kommt bei allen TV-Frauen, die nicht auf Size zero getrimmt sind, der sexuelle Eifersuchtsfaktor samt biologischem Fruchtbarkeitsneid und damit ein Gehässigkeitskoeffizient, der eine subjektive Gewichtszunahme von plus zwei Kilo zusätzlich bewirkt. Das hat meine Redaktion mal errechnen lassen. Insofern muss ich – und damit sind wir wieder beim Thema –, um meine Fernseh-Idealfigur zu halten, immer sieben Kilo untergewichtig sein.

Hart, sage ich verständnisvoll, das ist hart!

Sie meinen das Hungern? Das ist nicht hart. Nicht härter als für alle Frauen. Nein, nein, hart ist, dass ich, um vor der Kamera das Superweib zu sein, hinter der Kamera keine normale Frau sein darf. Meine Weiblichkeit existiert nur noch als Übertreibung. Wenn ich eine Olive verschlucke, setze ich Schwangerschaftsgerüchte in die Welt.

Waren Sie denn nicht neulich, wenn ich das fragen darf, objektiv schwanger?

Als ich schwanger war, hieß es, ich kriege Drillinge!

Aber Sie haben doch zwei, ich meine nicht Zwillinge, sondern Kinder …

Während meiner zweiten Schwangerschaft habe ich Gesichtsfasten gemacht – bei einem Slim-Face-Spezialisten aus Hollywood.

Vom dritten bis zum neunten Monat habe ich um die Wangenknochen ein halbes Pfund abgenommen. Gleichzeitig hatten unsere Kameraleute strikte Anweisung, nur Headshots von mir zu machen. Das war die Lehre aus der Berichterstattung und den Netzkommentaren über mein erstes Mal Mutterwerden. »Elefantitis im Ersten« war noch eines der schmeichelhafteren Hass-Foren.

Schrecklich, dieses Frauenbild! (Es klingt geheuchelt, wenn ich das sage als Mann und Frauenbildkonsument, aber als Tochter-Vater bin ich immer auch ein bisschen Feminist.)

Nichts gegen das Frauenbild. Es ist mein Arbeitgeber.

Es ist total frauenfeindlich.

Es ist ein Bild.

Aber es richtet Millionen von Mädchen und Frauen zugrunde! (Klingt noch immer geheuchelt, aber vielleicht sollte ich trotzdem mein Diktafon einschalten für einen Mode- und Magermodell-kritischen Einschub?)

Bilder wird es immer geben.

Sie tun so, als wären es Abbilder, dabei sind es Vorbilder. Sie setzen sich fest mit ihren Maßen, Maßstäben, Körpervermessungen, und was für welchen!

Jedes Bild will erfüllt sein, sagt BS mit einem Achselzucken.

Und was wird aus Ihren Töchtern, wenn sie mal groß sind?

Meinen Töchtern?

Oder Ihren Söhnen mit diesem Frauenbild …

Ich habe einen Jungen und ein Mädchen.

Oh, Entschuldigung. Wenn ich gewusst hätte, dass wir ins Gespräch kommen, wäre ich besser vorbereitet. (Am besten, ich nehme mein iPhone, sonst überspiele ich noch versehentlich die Aufnahme mit KL.)

Für meinen Sohn war es allerdings hart. Erst musste ich mir vor jeder Sendung die Milch abpumpen lassen, damit man mir glaubt, dass sie echt sind, meine Brüste. Und dann sahen sie auf dem Bildschirm immer noch dermaßen riesig aus, dass der Kleine nach der Sendung total enttäuscht war – richtig verärgert! – und sich nicht mehr von mir stillen ließ. Am Ende musste ich ihm die abgepumpte Milch aus der Flasche geben und solange mit ihm Wiederholungen gucken. Dann hat er getrunken. Jetzt ist er aus dem Alter raus.

Haben Sie je daran gedacht, mal etwas anderes zu machen als Fernsehen?

Sie meinen Radio, Zeitung, Internet?

Ich meine in Wirklichkeit. (Aufnahme läuft!)

Die Leute haben ein Bild von mir, da komme ich nicht raus.

Sie könnten sich dagegen wehren …

Wenn ich nicht mehr im Fernsehen wäre, wäre ich nur noch die, die mal im Fernsehen war. Ich würde immer mit dem Original verglichen werden. Und in meinem Schatten stehen.

Aber Sie sind doch das Original!

Sind Sie naiv.

Sie sind nicht das Original?

Wenn ich aufhören würde, im Fernsehen zu sein, wäre ich mein Abklatsch. Solange ich im Fernsehen bin, bin ich es wirklich.

Aber Sie haben doch selbst gesagt, es ist ein Bild, ein künstliches, ein frauenfeindliches!

Frauenfeindlich haben Sie gesagt.

Gut, aber ein Bild!

Was doch nur heißt, dass es so viel mächtiger ist als jeder Mensch, ob Mann oder Frau.

Jetzt sagen Sie es selbst: Wir werden von Bildern beherrscht!

Ich habe nie etwas anderes behauptet.

Und Sie finden es richtig, dass wir dem Bild so viel Macht über uns einräumen, uns so davon abhängig machen?

Ich bin davon abhängig.

Solange Sie beim Fernsehen sind.

Ich glaube, Sie haben noch immer nicht verstanden. Ich bin nicht beim, sondern im Fernsehen. Im!

Wollen Sie damit sagen, dass das Fernsehen, dass Ihre Sendung die Wirklichkeit ist und das hier, Sie und ich und unsere Unterhaltung nur – was weiß ich – ein Schatten?

Das kommt darauf an, was Sie unter Wirklichkeit verstehen.

Und was verstehen Sie darunter? (Ich schiebe mein iPhone unauffällig etwas näher an sie ran.)

Wirkung.

Wirklichkeit ist Wirkung?

Das sagt das Wort.

Eine Täuschung, eine Illusion kann auch eine große Wirkung haben. Deswegen ist sie noch lange nicht die Wirklichkeit.

Nein, aber sie wird es, wenn die Wirkung groß genug ist.

Dann sind Sie hier im Bordbistro nicht wirklich, sondern nur in Ihrer Sendung, vorausgesetzt, sie wird gesehen?

Ich mache mir keine Illusionen über mich. Es gibt ein sehr wirksames Bild von mir, und es gibt mich, minus sieben Kilo, ohne Licht.

Und dieses Bild im Verhältnis zu Ihnen ist wirklicher? Wirklicher als die Wirklichkeit?

Können wir das Thema wechseln?

Vielleicht ist Wirklichkeit nicht das richtige Wort. Vielleicht sagen wir einfach Realität? – In dem Moment kramt BS ein Schminktäschchen hervor, nimmt einen Handspiegel und zieht sich die Lippen nach.

Und Realität heißt für Sie: ein Mensch allein in seinem Zimmer und keiner, der ihn sieht?

Sie sagt das, ohne dass ihr Lippenstift verrutscht. Dann nimmt sie eine Puderquaste, betupft gleichmäßig Stirn und Wangen, sieht sich an. – Also, Realität, würde ich sagen, ist Realität, unabhängig davon, ob sie gesehen wird oder nicht ...

Nichts ist unabhängig vom Betrachter – wer hat das noch mal gesagt? Irgendein Physiker?

Sie legt noch etwas Rouge auf, benutzt kurz einen Pinsel. Plötzlich wirken ihre Wimpern wie getuscht, die Augen tief und von Kajal umrandet. (Waren sie das von Anfang an oder habe ich einen Augenblick nicht aufgepasst?) – Gut, sage ich ein wenig abgelenkt, aber jeder Mensch ist auch mal ohne Zuschauer, nicht wahr? Sogar Sie! Und auch wenn Sie sich allein zu Hause selbst zuschauen, irgendwann gehen Sie schlafen. Licht aus, Dunkel. Gute Nacht.

Realität ist für Sie also Schlaf, Traum ...

Sie lächelt ihr Lächeln, fast ein bisschen spöttisch. Ich starre sie an. Meine guten Diskretionsvorsätze sind dahin.

Lassen wir das. Wie seh ich aus?

Fragt sie – eine rhetorische Frage – und steckt ihr Schminkzeug wieder weg. Sie sieht BS jetzt wirklich ähnlich. Ein paar Gäste ringsum schauen her. Der Kellner-Schaffner hält auf seinem Gang kurz inne, wie gebannt. Schlagartig ist mir klar, lange werde ich BS nicht mehr für mich haben, ich muss mich beeilen. – Darf ich Ihnen noch ein paar Fragen stellen?

Aber bitte! Was wollen Sie wissen?

Sie lehnt sich zurück, schüttelt kurz ihr Haar und streicht sich eine widerspenstige Locke aus der Stirn. Ich beuge mich über den Tisch zu ihr vor, es sollen uns nicht alle hören. – In Ihrer Sendung, sage ich halblaut, sind Sie auf gewisse Themen festgelegt, würden Sie nicht gerne mal über etwas anderes reden?

Subjektiv ja. Objektiv nein.

Wie meinen Sie das?

Ich würde liebend gern, aber nicht wirklich.

Ich beuge mich noch weiter vor zu ihr. – Und worüber würden Sie gern nichtwirklich reden?

Übers Älterwerden.

Anti-Aging?, frage ich.

Darüber, dass ich nicht altern darf.

Was soll KL denn da sagen, denke ich. In dem Moment donnert ein Zug in der Gegenrichtung dicht an uns vorbei. BS schaut aus dem Fenster, leicht erschrocken, herausgerissen aus allem. Zum ersten Mal scheint sie sich völlig vergessen zu haben. Sie sieht sehr jung aus plötzlich, jünger als im Fernsehen, zerbrechlicher, zarter. Nichtlächeln steht ihr. Dann ist der Zug vorbei. – Und Sie dürfen nicht altern, weil, frage ich weiter, weil das Bild, das Sie verkörpern, zeitlos ist?

Ich bin immer zeitlos, es sei denn, ich sehe mir alte Fotos an oder Wiederholungen von vor zehn Jahren.

Lächeln oder lachen Sie außerhalb Ihrer Sendung?

Nicht, wenn ich in der Maske sitze. Da herrscht Lächelverbot.

Und sonst?

Ich fürchte, ich muss Sie enttäuschen: Ja. Ich bin ein zutiefst fröhlicher Mensch und tatsächlich so lustig wie in Wirklichkeit.

Also, wie im Fernsehen.

Ja. Außer, wenn ich in der Maske sitze.

Sie haben mal gesagt, dass Sie auch an Männern vor allem Humor schätzen.

Habe ich das wirklich gesagt?

Ja.

Das muss ein Scherz gewesen sein.

Sie sagen das in fast jeder Sendung. (Offenbar macht sie Witze.)

Und Sie glauben mir aufs Wort?

Ich … nein. (Offenbar macht sie doch keine Witze.)

Schade.

Dann frage ich so rum: Was schätzen Sie an Männern?

Dass sie alle gleich sind. Ausgenommen natürlich meine Gäste. Und wenn Sie es dabei bewenden lassen, haben Sie noch eine letzte Frage.

Ja, gut, dann also: Was ist das Wichtigste in Ihrem Leben?

Schlaf.

Nicht Ihre Familie?

Familie und Schlaf schließen sich aus.

Also, gut, dann … danke!

Nein, nein, das ist kein guter Schluss. Fragen Sie noch etwas.

Ganz schnell: Ihr schönstes Ferienerlebnis in drei Worten? (Ich muss mich wirklich beeilen, mein Akku ist fast leer.)

Sex.

Sex?

Oder meinten Sie wirklich drei Worte und nicht drei Buchstaben?

Ich meinte drei Worte.

Oh.

Ich kann Ihnen auch eine andere letzte Frage …

Mein schönstes Ferienerlebnis in drei Worten?

Es war spontan gemeint, als Frage, die Sie ganz spontan beantworten …

Ich antworte immer spontan.

Also gut: Ihr schönstes Ferienerlebnis in drei Worten?

Ich. War. Tot.

BS lächelt, aber an mir vorbei, über mich hinweg und nimmt den Salat entgegen, den ihr der Schaffner-Kellner serviert. Das Dressing in einem bunt bedruckten Plastikschlauch und die Baguettescheibchen im Körbchen rührt sie nicht an. Es sieht so aus, als würde ich meine Wette gewinnen. Es sieht ganz so aus.

***

RING-RING (GEGENDARSTELLUNG)

Aber Sie haben ja die Hälfte gestrichen!

Es ist das Erste, was ich höre, als ich das Telefon zu fassen kriege. Ich finde allmählich zurück aus dem Tiefschlaf, Nacht um mich herum, mein Wecker zeigt kurz nach halb drei. Doch anstatt zu fragen, wer hier anruft um diese Zeit, schleppe ich mich ins Arbeitszimmer, wo die Familie mich nicht hört, und stammle nur: Die Hälfte?

Die entscheidenden Sätze haben Sie alle gestrichen!

KL, kein Zweifel, er ist es wirklich! Kaum zu glauben, dass er sich meldet, ER höchstpersönlich, wenn auch spät nachts oder früh morgens. Ich bin sprachlos. Nachdem ich ihm die Abschrift unseres Gesprächs geschickt hatte, war ich mir sicher, nie wieder etwas von ihm zu hören, allerhöchstens – meine Bitte um Autorisierung betreffend – ein kommentarloses Nein von Bertrand.

Gestrichen, stammle ich weiter, aber ich habe doch nichts gestrichen …

Wo stecken Sie eigentlich?

Zu Hause, sage ich unschuldig.

Wie schnell können Sie hier sein?

In Paris? Mit dem Zug?

Vergessen Sie es. Vergessen Sie's einfach!

KL keucht ärgerlich. Er ist nicht nur außer sich, sondern auch außer Atem, so als würde er durch die Gegend rennen oder joggen, was ich mir bei ihm beim besten Willen nicht vorstellen kann.

Ist es das Ende?, erkundige ich mich zaghaft.

Was? Welches Ende?

Das Ende unseres Gesprächs. Gefällt Ihnen der Schluss nicht, so wie er da steht?

Weil Sie aus »Kolumnist« einfach »Kommunist« gemacht haben und mich als Kapitalismuskritiker missbrauchen? Nein, nein, das Politische ist mir gleich.

Ich meinte eher das Grammatikalische, den falschen Komparativ auf der letzten Seite.

Der falsche Komparativ ist so ziemlich das Einzige, womit ich kein Problem habe. Wenn Sie alles so richtig zitieren würden wie diesen einen falschen Komparativ, hätte ich überhaupt keine Probleme!

Das tut mir leid, ich … ich kann die übrigen falschen Komparative auch wieder hineinkorrigieren. Das war keine böse Absicht, sondern nur mein Rechtschreibprogramm und der Gedanke, dass es ein bisschen – nun ja – schief ist: auf der einen Seite zurück zur Kultur, auf der anderen der falsche Komparativ …

Die falschen Komparative gehören in den Zurück-zur-Natur-Teil!

Ach so, sage ich.

Warum schreiben Sie nicht einfach, was ich sage?

Ich mache das sofort rückgängig, wenn Sie wollen.

Und fügen Sie auch gleich das Allerwichtigste wieder ein!

Das wäre?

Die Antwort auf die Frage, wer mir zusieht.

Sie meinen, wenn Sie im Fernsehen sind? Aber Sie sind doch gar nicht im Fernsehen …

Ich meine dann, wenn mir sonst keiner zusieht, außer mir.

Sie haben mir wirklich gesagt, wer Ihnen zusieht, wenn Ihnen sonst keiner zusieht, außer Ihnen?

Ihre einzige interessante Frage! Und was machen Sie? Sie streichen die Antwort!

Verzeihung. Ich dachte, Sie hätten sich die Antwort darauf vorbehalten, »später«, dachte ich, hätten Sie gesagt …

Geht es jetzt darum, was Sie dachten?

Nein, nein! Mag sein, dass mein Diktiergerät nicht alles aufgezeichnet hat, als Sie im Atelier umhergewandert sind und von weiter weg gesprochen haben. Ich dachte nur, gerade an diese Antwort würde ich mich erinnern.

Geht es jetzt darum, woran Sie sich erinnern?

Natürlich nicht, sage ich kleinlaut. (Mittlerweile habe ich mich zu meinem Schreibtisch vorgetastet und suche in sämtlichen Schubladen nach meinem Diktafon.)

Ich frage mich wirklich, was in Ihrem Kopf vorgeht! Wozu das ganze Gespräch, wenn Sie den springenden Punkt unter den Tisch fallen lassen?

Es tut mir sehr leid, aber ich hole sofort mein Aufnahmegerät, Moment … (Ich habe es zwar noch nicht gefunden, aber es muss hier irgendwo sein.) Und dann antworten Sie einfach noch mal.

Nein.

Oder Sie diktieren es mir kurz in die Feder.

Ich wiederhole mich nicht.

Oder Sie bitten Bertrand, mir einen Mitschnitt zur Verfügung zu stellen, am besten per Mail als JPG, und ich füge die Antwort augenblicklich ein. (Aber da liegt es ja, gleich unter dem Manuskript! Ich schalte es ein und mein Handy laut, in der Hoffnung, dass ich diesmal alles aufs Band bekomme.)

Wie kommen Sie eigentlich auf die Idee mit den Kameras?

Haben Sie etwa keine versteckt?

In meiner Brille? So ein Unsinn!

Das war eine Metapher.

Ich traue keinen Kameras, ich traue nur meinen Augen.

Aber Sie haben doch welche versteckt. Kameras meine ich, nicht Augen, und auch nicht in Ihrer Brille, sondern –

Nein, nirgends.

Es gibt keine Aufzeichnung?

Nein.

Und Bertrand? Ich hätte schwören können, dass er uns zusieht!

Es gibt keinen Bertrand. Nie gehört.

Natürlich heißt er nicht Bertrand. Ich habe ihn umbenannt, weil ich dachte, wenn ich seinen Klarnamen benutze, verbietet er das Ganze schon deshalb. Aber als Ihr Assistent überwacht er doch sicher alles, was in Ihrem Atelier –

Keiner von meinen Mitarbeitern sieht mir zu, sonst würde ich ihn sofort feuern.

Selbstverständlich.

Warum schreiben Sie dann, dass Bertrand mir zusieht? Oder war das auch eine Metapher?

Nein, das war eine Vermutung. Und wenn sie falsch ist, streiche ich sie natürlich. Ich wollte nur, auch atmosphärisch, so viel wie möglich von unserer Begegnung einfangen –

Aber meine Mutter haben Sie gestrichen.

Ihre Mutter?

Alles, was ich über meine Mutter gesagt habe, ist raus, jede Erwähnung. Sie kommt gar nicht mehr vor.

Entschuldigung.

Dabei gebe ich grundsätzlich keine Interviews ohne meine Mutter!

Das tut mir wirklich sehr leid.

Noch nie hat es jemand gewagt, meine Mutter zu streichen, nicht mal der SPIEGEL. Sie sind der Erste!

Aber doch nur weil ich dachte, es ist zu persönlich, und wenn ich sie nicht streiche, dann –

Sie haben beim Streichen nicht wirklich eine glückliche Hand. Vielleicht sollten Sie lieber die Finger davon lassen.

Ja, ich – danke für den Hinweis. Ich möchte nur noch einmal klarstellen, dass ich Ihre Mutter nicht aus mangelnder Wertschätzung gestrichen habe, sondern aus Angst, keine Autorisierung zu bekommen, in vorauseilendem Gehorsam. Aber ich nehme sie unverzüglich wieder rein, mit dem größten Vergnügen. Nein, wirklich, ich finde das äußerst reizvoll, auch in einem philosophischen Gespräch, einem »schwadrosophischen«, nicht wahr? Was wäre die Schwadrosophie ohne Ihre Mutter!

Irgendwie werde ich das Gefühl nicht los, dass Sie meine Mutter nicht ernst nehmen. Dabei ist sie die größte Philosophin überhaupt. Alles, was an mir philosophisch ist, verdanke ich ihrem Blick.

Sie meinen, wenn sie Ihnen von oben zusieht?

Sehen Sie, Sie erinnern sich an die Antwort!

Welche Antwort?

Dass sie es ist, die mir zusieht, wenn mir sonst keiner zusieht, außer mir.

Doch, ich erinnere mich. Ich hatte nur vergessen, wie wichtig sie Ihnen ist – also die Antwort, Ihre Mutter sowieso.

Stattdessen war es Ihnen wichtiger, so einen Unsinn zu erzäh-

len wie dass mir irgendein Bertrand zusieht, den es gar nicht gibt …

Das ist das Erste, was ich streichen werde, wenn wir aufgelegt haben! (Ich werfe einen Kontrollblick auf die Anzeige meines Diktiergeräts, die deutlich ausschlägt. Wenn mir etwas peinlich ist, funktioniert es immer.)

Was für ein Philosoph sind Sie überhaupt, wenn Sie nicht über Mütter reden wollen?

Nun ja, normalerweise fallen Mütter unter Psychologie.

Meine Mutter hat mit Psychologie nichts zu tun.

Normalerweise, wie gesagt.

Sie war eine Insel. Wenn wir uns nah waren, dann durch ihren Abstand zu allem.

Und die Liebe? Mutterliebe, Sohnesliebe? Auf die Gefahr hin, dass es psychologisch klingt …

Meine Mutter war eine kritische Frau, unbestechlich, aufrecht und klar, glasklar, bis zuletzt. Meinen Kopf habe ich von ihr. Seit ich denken kann, gab es diese Kopf-zu-Kopf-Beziehung zwischen uns. Zärtlichkeiten auch, dann und wann, Streicheleinheiten, wie man heute sagen würde, zumindest sagte man das gestern noch. Aber das hat ihre Urteilsfähigkeit nie getrübt. Von Küssen ließ sie sich nicht beirren – meine Schwester hat das immer wieder versucht, immer wieder vergeblich. So konnte man meiner Mutter nicht kommen. Sie hat sofort erkannt, was dahintersteckt, hat einem in die Augen geschaut bis auf den Grund und das Wesentliche gesehen. Sie hatte den philosophischen Blick, hat ihn noch.

Tragen Sie deswegen Sonnenbrille?

Weswegen?

Ich dachte nur … (Sag lieber nichts, denke ich.)

Da haben Sie ausnahmsweise einmal recht. Meine Augen sind mein wunder Punkt. Sie sind zu offen.

KL schweigt am anderen Ende, er ist wirklich woanders. Von fern her höre ich Straßenlärm, Motorengeräusche und Schritte wie auf Kies oder nassem Asphalt. Offenbar hat er sein Atelier verlassen und ist draußen unterwegs auf einem seiner Nachtspaziergänge.

Und was war das Wesentliche, das sie in Ihnen erkannt hat, wenn die Frage nicht zu intim ist …

Das Wesentliche in einem Satz?, haucht er wie aus nächster Nähe und schirmt dabei das Telefon mit der Hand ab. Auf einmal höre ich nur noch Meeresrauschen und orkanartige Atemböen.

Warten Sie! Sie sind akustisch gerade sehr schwer zu verstehen!

Das Wesentliche ist (rausch-rausch) immer nur ein Satz. *Eigentlich nur drei Worte.* (Wusch!)

Sie sind zu nah an der Sprechmuschel, ich verstehe Sie wirklich ganz schlecht …

Der … (rausch) *… durch.*

Tut mir leid, aber wer, bitte, ist durch?

Der … kommt … durch.

»Der kommt durch«? Das ist das Wesentliche, die drei Worte? (Es ist nicht ganz das, was ich erwartet habe.)

Es ist die ganze Wahrheit über mich. Und meine Mutter wusste es von Anfang an.

Dass Sie durchkommen? Ja, aber wodurch denn?

Durch alles. Was auch immer ich mir vornehme. Das ist das Wichtigste, was sie mir mitgegeben hat, diese Gewissheit. (Er spricht wieder deutlicher.)

Ihre Mutter hat also an Sie geglaubt, Ihre Begabung gefördert …

Nein, wozu? Sie wusste ja, dass ich es schaffe.

Sie hat Ihr Talent nicht entdeckt und unterstützt?

Mein Talent habe ich selbst entdeckt.

Aber doch nicht ohne Unterstützung Ihrer Mutter.

Es hat sie wenig gekümmert, was ich mache. Eine bessere Unterstützung hätte ich mir nicht wünschen können.

Weil Sie sich dadurch herausgefordert fühlten und ihre Aufmerksamkeit erlangen wollten? Oder ist das jetzt zu psychologisch …?

Ihre Aufmerksamkeit brauchte meine Mutter für andere Dinge. Insofern hatte ich das große Glück, nie zu viel davon zu bekommen.

Aber Sie wussten, dass sie Sie, sagen wir, liebt.

Es war wichtiger für mich zu wissen, dass sie mich sieht, auf ihre Art. Dadurch wusste ich immer, wer ich bin.

Einer, der durchkommt …?

Ich habe das lange für selbstverständlich gehalten, ich kannte es ja nicht anders. Wenn ich fremde Mütter mit ihren Kindern sah, war ich manchmal neidisch, weil sie sich mehr kümmerten, bekümmerten, mütterlicher waren. Es hat Jahre gedauert, bis ich verstanden habe, worin das Besondere am Blick meiner Mutter bestand: Sie hatte keine Angst um mich.

Aber wenn man jemanden liebt, dann … Wie gesagt, ich bin kein Psychologe – aber hat man dann nicht zwangsläufig Angst um ihn?

Das habe ich auch gedacht.

Ist es denn nicht so? Schließt Liebe nicht immer die Angst um den anderen ein?

Für viele schließt Angst das Gefühl der Liebe ein. Gerade bei den Müttern, um die ich die anderen Kinder manchmal beneidet habe, gerade bei den bemutternden! Ihre große, fette Liebe war nur die Kehrseite ihrer Angst. Bei meiner Mutter gab es das nicht.

Gar keine Angst? – Ich bin wirklich kein Psychologe, Entschuldigung.

Man hätte es für Lieblosigkeit halten können, so wie man Strenge und Distanz oft mit Kälte verwechselt. Meine Mutter war streng und distanziert, sehr sogar. Sie behielt immer einen gewissen Abstand, auch in der Umarmung. Und sie hatte eine Art zu trösten, Trost zu spenden, ohne Erbarmen, so als wollte sie sagen: Finde dich damit ab, dass du keinen Anspruch darauf hast, mir leidzutun, und wehe, du tust dir selber leid! Ihre Tröstungen hatten immer etwas Ironisches, Spöttisches, manchmal sogar Zurückweisendes, aber nicht von sich weg, sondern zu mir hin. Sie hat mich immer auf mich selbst zurück-, wie sagt man, geworfen, gestoßen, gestupst. Letzteres.

Harte Schule …

Es war die einzige Art zu lernen, wie wenig ich brauche, außer mir. Und doch ist es nur die halbe Wahrheit. Da, wo bei anderen Müttern die Angst war oder die Liebe, an genau der Stelle war bei meiner Mutter etwas anderes, Wichtigeres: eine Art Selbstbewusstsein – für mich.

Sie hat Ihnen, könnte man sagen, viel zugetraut und das nötige Selbstvertrauen vermittelt?

Vermitteln kann man das nicht. Vertrauen ist da oder nicht da, gegeben oder nicht, wie das Leben. Und die große Frage ist: Was fange ich damit an? Die Antwort darauf kann einem keiner geben, erst recht nicht die Person, die einem ihr Vertrauen schenkt. Wer antwortet, misstraut. Wer antwortet, glaubt nicht, dass derjenige, der fragt, die Antwort selber findet. Meine Mutter hat mir nie geantwortet.

Klingt, als hätte sie Sie schon sehr früh wie einen Erwachsenen behandelt. (Ich klinge verdammt psychologisch.)

Ich war sehr früh erwachsen. Ich sage nicht »reif«. Reife kommt später. Aber ich habe sehr früh angefangen, mich selbst zu erziehen.

Dann haben Sie also eine »gute Erziehung genossen«, Ihre eigene?

Ich genieße sie noch.

Hatten Sie keine anderen Lehrer, Ratgeber, Freunde?

Ich habe nie verlernt, eine Insel zu sein.

Wie Ihre Mutter ...

Um eine Insel bilden sich andere Inseln.

Und Sie haben sich nie die Unterstützung Ihrer Mutter gewünscht, das Lob Ihrer Eltern, Beifall, Bestätigung? (Total psychologisch.)

Wenn Sie jemanden stützen, halten Sie ihn fest. Meine Mutter hat mich losgelassen, laufen lassen. Dadurch entstand mein Weg. Sie haben doch Kinder? Denken Sie daran.

Ich bin mir nicht sicher, ob es so eine gute Idee wäre, meinen Kindern ihre Erziehung zu überlassen. Das wäre mir, offen gestanden, zu antiautoritär.

Was Sie meinen, ist Nichterziehen. Ich habe mich selbst erzogen, autoritär.

Sie waren sehr streng mit sich?

Wenn man seinen Weg weiß, ist das einfach. Man braucht ihm nur zu folgen, konsequent. Eine Bestimmung zu haben ist die großartigste Vereinfachung der Welt.

KL hat längst aufgehört, hinter vorgehaltener Hand zu sprechen. Doch die vereinzelten Geräusche, die jetzt zu mir durchdringen, klingen ganz und gar nicht nach den Straßen von Paris: Tierlaute hier und da, Vogelkrächzen, Lockrufe, Warnschreie. Vielleicht ist er in einen Park gegangen oder in einen Zoo bei Nacht oder zumindest in die Nähe eines Zoos. Vielleicht ist das auch alles gar nicht wahr, und Bertrand (oder sein Assistent, formerly known as »Bertrand«) sitzt in KLs Atelier an einem Mischpult und spielt wechselnde Soundtracks ein, während der Meister auf dem Laufband einen Nachtspaziergang simuliert.

Sind Sie noch da, frage ich in die Geräuschkulisse hinein, ich meine, wo genau sind Sie eigentlich?

Regnet es bei Ihnen?, fragt KL zurück, so als hätte er mich nicht gehört. Die Frage scheint ihn zu beschäftigen. Ich schaue aus dem Fenster. Es hat kräftige Schauer gegeben, früher in der Nacht. Aber ob es wieder regnet oder immer noch, ist in der Dunkelheit kaum zu erkennen. An den Scheiben entdecke ich keine neuen Tropfenmuster oder Rinnsale, doch die Pfützen unten auf dem Asphalt zittern unruhig im Laternenlicht. Vielleicht der Nachregen von Bäumen und Dächern oder der Wind, der Wellen treibt.

Schwer zu sagen, sage ich und wundere mich zugleich, warum ihm das so wichtig ist.

KL sagt nichts, so als warte er weiter auf Antwort. Irgendwoher ist ein lang gezogener Klagelaut zu hören wie von einem Muli oder Esel – oder ist es ein Pfau? Das Ganze erscheint mir auf einmal so unwirklich, als könnte ich hören, was er träumt, als würde KL durch eine Traumlandschaft wandeln und hätte vergessen, sein Handy auszuschalten.

Ich räuspere mich, um zu sehen, ob das Diktiergerät weiter aufnimmt. Es überläuft mich kalt bei dem Gedanken, nichts von dem, was wir gesprochen haben, könnte morgen auf dem Band sein, nur ein bisschen Gemurmel im Schlaf. Im selben Moment geht am anderen Ende ein Regen nieder – ein richtiger Wolkenbruch, staune ich und stelle fest, dass mir jedes Bild dafür fehlt. Ich kann mir KL im Regen nicht vorstellen, überhaupt nicht draußen im Freien, sosehr ist er eine Kunstfigur, ein Geschöpf seiner selbst. Aber ganz und gar unvorstellbar ist er im Regen ohne Schirm und Schirmträger – ohne Bertrand. Jeder Tropfen wäre ein Anschlag auf sein Werk und ein Schirm, den er selbst hält, ein Stilbruch.

Unwillkürlich schaue ich aus dem Fenster, so als könnte hier dasselbe Wetter sein, derselbe Regen fallen. Nein, sage ich dann mit fester Stimme, es hat aufgehört, vor Stunden schon.

Ich muss jetzt zurück an den Zeichentisch, verkündet KL kurz und knapp. Die Anzeige des Diktiergeräts schlägt aus. Diesmal habe ich genau darauf geachtet. Ich glaube einen verhaltenen Seufzer von ihm zu hören, aber das ist nicht sicher.

Eine Frage noch – eine Bitte vielmehr! Wenn Sie nichts dagegen haben, würde ich Ihre Korrekturen und Ergänzungen gerne in dieser Form aufnehmen (ich sage betont »aufnehmen«, mit Blick auf mein Diktiergerät), in das Buch mit aufnehmen, Ihr Einverständnis vorausgesetzt, anstatt sie mit Gewalt in unser erstes Gespräch hineinzupressen. Warum nehmen wir dieses Telefonat nicht einfach als zweiten Teil, gewissermaßen als Gesprächskorrektur und Korrekturgespräch, ungestrichen, unverfälscht … Sonst müssen Sie in ein paar Nächten noch mal anrufen und wieder alles richtigstellen, oder was meinen Sie? Sind Sie noch da?

Ja.

Ja? Heißt das: »Ja, Sie sind noch da«? Oder: »Ja, Sie sind d'accord«?

Wie wollen Sie dieses Telefonat wortwörtlich wiedergeben?

Ich kann mir Dialoge ganz gut merken.

Aber an unser erstes Gespräch konnten Sie sich nicht erinnern.

»Nicht erinnern« würde ich nicht sagen, ich habe nur etwas andere Schwerpunkte gesetzt.

KL gibt einen nicht näher zu definierenden Laut von sich.

Es sei denn, beeile ich mich hinzuzufügen, Sie haben zufällig einen Mitschnitt – also nur mal angenommen, Bertrand hätte mitgehört, wobei wir beide ja wissen, dass es ihn nicht gibt, aber wenn er oder jemand wie er unser Telefonat aufgezeichnet haben sollte, dann wäre ich Ihnen und ihm natürlich sehr dankbar, wenn er es mir mailen könnte als JPG oder PDF –

Noch einmal derselbe Laut, diesmal klingt er nach Protest.

Aber ich kann natürlich auch versuchen, unser erstes Gespräch im Lichte des zweiten zu überarbeiten, nach bestem Wissen und Gewissen, obwohl das erste ja weitgehend philosophisch oder wenigstens schwadrosophisch war und dieses Telefonat im Vergleich dazu eher, wie soll ich sagen –

Sagen Sie nicht »psychologisch«!

Nein, nein, ganz und gar nicht, im Gegenteil! Aber doch über weite Strecken, sagen wir, pädagogisch …

Pädagogisch?

Nun ja, schließlich ging es um Erziehung.

Das war doch nicht pädagogisch!

Wie würden Sie es denn nennen, wenn man über Kindheit und Erziehungsfragen spricht?

Ich spreche nie über meine Kindheit. Kleinsein war die größte Zeitverschwendung meines Lebens!

Oder darüber, wenn Sie so wollen, wie früh Sie erwachsen geworden sind, dank der pädagogischen Qualitäten ihrer Mutter.

Wenn ich von den Augen meiner Mutter spreche und davon, wie sie mich anschaut, dann hat das so viel mit Pädagogik zu tun wie der Glaube, dass Gott alles sieht, mit den Gesetzen der Optik. »Kindheit«, Unsinn, wie kommen Sie nur darauf? Ich hatte keine Kindheit, ich hatte eine Bestimmung, immer schon.

Gut, aber das spricht doch umso mehr dafür, unser Gespräch wortwörtlich abzudrucken, ohne jeden Eingriff. Wir sind uns ja nicht mal über das Thema einig.

Ich will Ihnen mal eine Geschichte erzählen, eine persönliche Geschichte, aus meiner Anfangszeit als Menschenzeichner – habe ich »Menschen« gesagt? Ich meine: »Modezeichner«. Ich hatte gerade meine allererste Kollektion entworfen, in einer Art nächtlichem Schaffensrausch, lauter unerhörtes und verrücktes Zeug, tollkühn und unverkäuflich. Mit der Mappe hätte ich mich vielleicht als Assistent bewerben können oder besser als – wie heißt das heute? – Praktikant. Aber ich hatte gehört, dass bei Chanel der Posten des Chefdesigners vakant war, und bin nach Paris gefahren, übrigens mit dem Zug, seinerzeit. Zuerst habe ich mir ein Zimmer genommen. Dann bin ich zum Stammhaus in der Rue Cambon, um meine Mappe beim Pförtner abzugeben mit dem Hinweis, ich sei noch bis zum nächsten Morgen in der Stadt und unter der Hotelnummer erreichbar. Danach bin ich ein bisschen spazieren gegangen, am Seine-Ufer, wie auf Wolken, ich war der König von Frankreich. Die Croissants schmeckten, wie Croissants nie wieder geschmeckt haben, seit es sie auch in Deutschland gibt. Der Café au lait war der höchste aller Kaffeegenüsse, unerreicht seit dem Einmarsch des Latte macchiato in Paris, eine Frühstücksschale voll herzerquickendem flüssigem Glück. Ich hatte das Gefühl, genau dort angekommen zu sein, wo ich hinwollte. Später bin ich in mein Hotelzimmer zurück, habe mich aufs Bett gelegt und Chanel revolutioniert, in Gedanken. Damals hatte ich noch Zeit, erst zu träumen und dann zu zeichnen. Heute habe ich das Träumen professionalisiert und zeichne direkt vom Traum aus der Hand. Aber damals, wie gesagt, gab es noch keine Deadlines und Termine. Ich lag auf dem Bett in höchster geistiger Bewegung und tat nichts, als plötzlich das Telefon klingelte. Dass ich überrascht war, kann ich nicht behaupten. Im Grunde hatte ich es immer gewusst. Ich war nur freudig erregt, dass es endlich passierte. Mein Schicksal rief an. Auch wenn sogar mir klar war, dass Chanel nicht binnen drei Stunden den Posten des Chefdesigners mit einem verrückten Deutschen ohne Namen besetzt, sonnenklar. Aber das war die Logik der Realität, das andere war das Telefon mit seiner Botschaft: Chanel will dich! Verstehen Sie?

Ich … ich weiß nicht.

Kennen Sie noch dieses Klingeln, oder sind Sie zu jung dafür? Dieses Telefonklingeln von früher, so richtig mit Glocke und Klöppel und diesem melancholisch unheilschwangeren Nachklang, »ring-ring«, kennen Sie das?

Ring-ring?

Manchmal hört man es noch in alten Filmen. Es klang immer so, als würde das Leben nicht mehr dasselbe sein, wenn man den Hörer abnimmt. Und so war es ja meistens auch in Zeiten, in denen zwei Telefonate am Tag schon Stress bedeuteten. Jedenfalls hörte ich dieses Klingeln, und meine Zukunft war entschie-

den. Ich hatte die Bestätigung, die ich brauchte. Eine Bestimmung braucht nicht viel, sie kommt mit ganz wenig aus. Wie heißt es so schön? Anruf genügt.

Dann haben Sie es geschafft?

Geschafft hätte ich es auch ohne den Anruf. Wahrscheinlich wäre ich zu dem Schluss gekommen, dass es bei Chanel eine Kommunikationspanne gegeben hat oder dass die Hotelrezeption weder in der Lage gewesen war, den Anruf durchzustellen, noch die für mich hinterlegte Nachricht zu übermitteln. Eine Bestimmung wäre keine Bestimmung, wenn sie sich von Lappalien beirren ließe.

Und Chanel hat wirklich angerufen? Nach nur drei Stunden? Und obwohl Sie damals völlig unbekannt waren?

Das weiß ich nicht.

Wie?

Ich bin nicht ans Telefon gegangen. Dass es geklingelt hat, hat mir gereicht. Ich wusste ja, was ich wissen musste.

Ja, aber … was haben Sie denn dann gemacht?

Ich bin am nächsten Morgen nach Deutschland zurückgefahren – wieder mit dem Zug, aber ganz beflügelt. Ich hatte schon die nächste Kollektion im Kopf, sogar zwei, und habe die ganze Fahrt über gezeichnet wie ein Wilder. Fast hätte ich vergessen, in Hamburg auszusteigen, und wäre im Kurswagen weiter bis nach Kopenhagen –

Und Sie haben nie erfahren, wer damals versucht hat, Sie zu erreichen?

Ich nehme an, es war die Rezeption. In dem Hotel gab es größere Reparaturarbeiten, und vermutlich wollte man mich darüber informieren, dass zwischen sechs und acht das Wasser abgestellt wird.

Dann war die ganze Bestätigung, die Sie aus diesem Erlebnis gezogen haben, nur eine Selbsttäuschung?

Es war doch keine Täuschung! Chanel hat ja angerufen und mir den Posten des Chefdesigners angeboten, Jahre später.

Aber das konnten Sie damals nicht wissen.

Und wie ich es wusste! Deswegen erzähle ich es Ihnen ja! Eine Bestimmung zu haben, heißt, immun zu sein gegen die Wirklichkeit: seinen Weg zu gehen, komme, was wolle, und in allem, was kommt oder nicht kommt, die Kraft zum Weitermachen zu finden, auch in der Antwortlosigkeit.

Gilt das nicht für jede Karriere, dass man in der Lage sein muss, Durststrecken zu überstehen, Rückschläge einzustecken?

Einsteckenkönnen reicht nicht, es geht darum, Enttäuschungen in Bestätigung umzuwandeln, um die wichtigste künstlerische Begabung, aus Minus Plus zu machen und eine geradezu idiotische Energie aus sämtlichen Widerständen zu ziehen.

»Idiotisch«?

Oder »wahnsinnig«. Aber anders als der Wahnsinnige, der sich verzweifelt die Haare rauft und an die Stirn schlägt, ist der Idiot in seiner Einfalt glücklich. Ich war glücklich, als ich dieses Klingeln hörte, auf die kindlichste, ungetrübteste Weise, ich hätte nicht glücklicher sein können, wenn mir Chanel wirklich den Chefposten angeboten hätte, obwohl mir in einem anderen Winkel meines Bewusstseins klar war, dass Chanel überhaupt nicht daran dachte, mich anzurufen.

Und daraus haben Sie die Kraft geschöpft, weiterzumachen?

Ich glaube, dass man immer schon ein Stück weit ist, was man wird, dass Sein und Werden miteinander in Verbindung stehen. Es gab mich ja noch gar nicht, damals auf dem Hotelbett in Paris, und gleichzeitig war ich es mehr denn je.

Aber was, wenn die Bestimmung, der man folgt, sich als Irrtum herausstellt?

Das gibt es nicht.

Wie?

Entweder hat man eine Bestimmung oder man hat keine.

Und woher wussten Sie, woher wissen die anderen Menschenschöpfer – jetzt sage ich auch schon »Menschen« statt »Mode«! –, woher wissen alle, dass sie eine Bestimmung haben, und wenn ja, welche?

Von nirgendwoher. Entweder man weiß es, oder man weiß es nicht. Wenn man es von irgendwoher weiß, dann denkt man nur, man wüsste es. Es ist unvordenklich: ein unvordenkliches Vertrauen, Selbstvertrauen, Urvertrauen. Was nur ein anderes Wort ist für idiotisch. Es hat mit Denken nichts zu tun und ist unverbesserlich.

Aber gerade die Welt der Schöpfer oder der »Kreativen«, wie man sie nennt, wimmelt doch nur so von Menschen, die sich getäuscht haben – in sich, in ihren Chancen und Möglichkeiten. Was ist mit all den brotlosen Künstlern, den verkrachten Existenzen und verkannten Genies?

Die Frage ist, wer schaut sie an? Jemand mag in unseren Augen verkracht und gescheitert sein, aber wer schaut ihn an, welcher Mensch, welcher Gott? Von wem fühlt derjenige sich gesehen und wessen Augen traut er, verstehen Sie?

Sie meinen, wenn er jemanden hat, der an ihn glaubt, der ihn vielleicht sogar bewundert, dann –

Nein, nein! Es kommt darauf an, dass er jemanden hat, an den er glaubt! Wir neigen dazu, der Kritik mehr zu glauben als dem Lob. Alles Negative, den Hass und die Häme halten wir für ehrlich, der Bewunderung misstrauen wir. Wer uns verdammt, ist unser Richter, wer uns toll findet, ist Fußvolk. Es muss schon ein Gott sein oder jemand Großes, der uns anschaut, um uns mit seinem Blick aus dem Vergleich zu heben, außer Konkurrenz.

Und auf diese Weise setzt sich auch der Erfolgloseste über die Wirklichkeit hinweg.

Sie überschätzen die Wirklichkeit, scheint mir, ausgerechnet Sie als Philosoph. Das erstaunt mich. Wie oft hat die Wirklichkeit falsch gelegen und was für peinliche Irrtümer produziert, nehmen Sie nur Heidi Klump.

Ich meine ja bloß, auf diese Weise spielen Erfolg oder Misserfolg für die eigene Bestimmung keine Rolle. – Heißt sie nicht Klum?

Sie halten Erfolg oder Misserfolg für die Wirklichkeit?

Mal ganz schnöde materialistisch gesprochen, im Sinne des Zählbaren …

Ich will nicht sagen, dass es nicht um Geld geht. Es geht um Gott, also immer auch um Geld. Aber das Entscheidende, der eigentliche Glanz-und-Glamour-Punkt all unserer Anstrengungen, ist das Wunder. Reich und berühmt zu werden ist eine jämmerliche Umschreibung für das, was uns antreibt. Die Wahrheit ist: Wir wollen Wunder vollbringen! Wir wollen dem Gott, der uns anschaut, beweisen, dass er sich nicht in uns täuscht. Wir wollen ihm recht geben mit unseren Werken! Nichts anderes versucht ein Modezeichner, indem er ein Kleid, ein Kostüm entwirft, das den Körper einer schönen Frau, eines schönen Mannes feiert. Er will Gott recht geben, Seiner Schöpfung durch seine Schöpfung, Seinen Wundern durch die Wunder, in die er sie hüllt, er will das Wunder der Natur durch die Wunder der Kultur verherrlichen, der Haute Couture! Und er will, dass der Gott, der ihn anschaut, das sieht. Dass Er sieht, dass es gut war.

Aber wenn ihm sonst keiner zusieht, nur Gott?

Gerade dann. Im Übrigen ist es viel tragischer, wenn alle Welt hinguckt und etwas fantastisch findet, von dem man weiß, es ist stümperhaft und den Stoff nicht wert, aus dem es gemacht ist.

Zumindest die Kasse stimmt.

Das ist kein Trost, sondern … pfff! Nein, im Ernst, Erfolge oder Misserfolge interessieren mich nicht. Mich interessieren nur Wunder.

Es gibt also Wunder?

Waren Sie noch nie auf einer Schau?

Einer Modenschau? Doch, doch …

Dann wissen Sie ja, wie sehr alle, von der ersten Reihe bis zur letzten, im Grunde nur auf das eine warten: darauf, dass ein Engel durch den Raum geht. Ein wirklicher Engel, versteht sich. Kein Lametta-Unterwäsche-Engel von Victoria's Secret.

Abrupt verfällt KL in Schweigen, so als würde er sich über irgendetwas ärgern. Die Stille am anderen Ende klingt ausgestorben: kein Regenrauschen mehr, keine Tierrufe. Offenbar haben wir den Teil der Nacht erreicht, in dem kein Vogel singt und nichts sich regt. Dann höre ich wieder den Klagelaut, kürzer diesmal, dafür näher.

Tut mir leid, dass jetzt auf einmal so ein falscher Eindruck im Raum steht, versuche ich, das Gespräch in Gang zu halten, ich sehe mich überhaupt nicht als Advokat der Wirklichkeit. Und ich rede von Erfolg oder Misserfolg nicht als Maß aller Dinge, sondern als Frage danach, was wir glauben, wem wir glauben und wie fest. Darum geht es mir als Philosoph, um Glaubensfragen im nichtreligiösen Sinn.

Wir haben uns so daran gewöhnt, dem Erfolg zu glauben, dass wir denken, wenn wir Erfolg hätten, wäre damit irgendet-

was bewiesen, obwohl wir wissen, dass das nicht stimmt. Nichts ist trügerischer als der Erfolg. Er –

Das war – entschuldigen Sie, wenn ich kurz unterbreche, aber das war ein richtiger Komparativ.

Was?

»Nichts ist trügerischer als der Erfolg« ist ein richtiger Komparativ. Ich wollte das nur anmerken. Nicht, dass es nachher heißt, ich hätte ihn in unser Gespräch hineinkorrigiert und Sie hätten ursprünglich gesagt: »Nichts ist trügerischer wie der Erfolg.«

Wieso sollte ich das sagen?

Genau.

Der Irrtum ist, zu glauben, der Erfolg gebe uns recht. Dabei kann uns nur ein Wunder recht geben und der Gott, der sieht, dass es gut war. Sein Blick besteht. Erfolg ist flüchtig, launisch, und hat einen verdammt schlechten Geschmack. Unter allen Eigenschaften, die man als Künstler haben kann, ist Erfolgreich-Sein die Protzigste, Primitivste. Die Erfolgreichen sind die Neureichen des Ruhms. Zum Glück halten sie sich nie lange: Die Erfolgreichen von heute sind die Vergessenen von morgen. Sie könnten einem leidtun, wenn man sich an sie erinnern würde.

»Nichts ist trügerischer …«

Aber das Gegenteil ist genauso wahr: Nichts durchschauen wir so sehr! Wir machen uns keine Illusionen über den Erfolg, wissen mehr darüber als über jeden anderen Kult, jeden Fetisch, jemals. Uns ist sogar klar, dass Erfolg nichts wirklich Erstrebenswertes ist, und trotzdem streben wir danach.

Wir haben keine Wahl, oder?

Weil sich Glauben und Wissen gespalten haben. Die Menschheit hat Jahrtausende lang mehr geglaubt als gewusst, dann hat sie ungefähr ein Jahrhundert lang mehr gewusst als geglaubt – auch das hat ihr nicht gutgetan. Inzwischen wissen wir so gut wie alles und glauben nur noch wider besseres Wissen an wenig mehr als den Erfolg. Dabei weiß jeder, wie er gemacht wird und dass er im Grunde nichts bedeutet. Noch nie wurde so geheimnislos und unheilig geglaubt wie heute.

Also eigentlich philosophisch …

Erfolg ist die Religion des Profanen. Sie ist so unheilig, dass sie nicht einmal behaupten muss, Gott sei tot. Denn für die Erfolgsreligion ist Gott gar keine Konkurrenz. Von ihr aus kann Er ewig leben, aber an Ihn geglaubt wird nur, sofern Er Erfolg hat. Und das Gleiche gilt für die Kirche. Solange sie Erfolg hat, lebt sie, und sei es, weil sie zufällig so einen tollen Papst hat. Und sollte Gottes Stellvertreter erfolgreicher sein als Gott, dann kann die Kirche sogar leben, wenn Gott tot ist. Dann kann man an den Stellvertreter glauben, selbst wenn der Gott, den er vertritt, gestorben ist. Kein Problem.

Aber ist das Problem nicht, dass wir einfach nicht wissen, woran wir sonst glauben sollen? Der Kommunismus war ein Misserfolg. Das Christentum liefert zu wenig zu Lebzeiten. Im Islam darf man nichts trinken. Und für den Buddhismus haben wir nicht die Zeit. Deshalb interessiert mich die Frage der Bestimmung so sehr, weil sie weitgehend unabhängig ist vom Erfolg. Weil man im Glauben an seine Bestimmung enorme Durststrecken der Erfolglosigkeit aushält …

Und die Durststrecken des Erfolgs! Weil der Erfolg – aber das merkt man erst, wenn man ihn hat – gar nichts stillt: keine Sehnsucht, keinen Durst oder Hunger, außer dem physischen, materiellen, den ich nicht meine. Erfolg ist in Wahrheit das, was am Unzufriedensten macht. Wussten Sie das nicht?

Ich hatte bisher nicht das Problem. Aber wenn es jemand wissen muss, dann Sie. Ich kenne niemanden, weder unter unseren Zeitgenossen noch in der Geschichte, dem es gelungen ist, über eine so lange Zeit so erfolgreich zu sein. Sie sind der Erfolgsexperte schlechthin …

»Experte« nehmen Sie bitte zurück! Ich will nur sagen: Schneller Erfolg ist gar kein Erfolg. One-Hit-Wonder, Shootingstars, das ist nichts weiter als pfff … heiße Luft! In Wahrheit weiß man erst, ob jemand begabt ist, wenn er sich zwanzig Jahre im Geschäft hält. Nach dreißig Jahren kann man sagen, er fängt an, sich zu bewähren. Aber dann ist er noch immer weit entfernt davon, eine Persönlichkeit zu sein. Eine Künstlerpersönlichkeit braucht etwa vierzig Jahre im Beruf, um zu reifen. Alles andere ist Jugendwahn.

Und wen lassen Sie dann gelten, neben sich: Maximilian Schell? Johannes Heesters? Armin Müller-Stahl?

Alle zu früh gestorben.

Müller-Stahl lebt noch.

Na dann, schöne Grüße!

Irgendwie scheint es mir nicht nur eine Frage der Begabung, sondern auch der Biologie zu sein, eine biologische Frage, ob die Konstitution, ob der menschliche Körper das mitmacht.

Es ist eine philosophische Frage, eine Frage der Mütter.

Sie meinen, all diesen, sagen wir ›Sterblichen‹ hat nur die Mutter gefehlt, die ihnen zusieht und zuruft: »Du schaffst es«?

Nicht »du schaffst es«, sondern »der kommt durch«! Schaffen muss es jeder allein.

Und Sie haben nie daran gezweifelt, dass Sie es schaffen, all die Jahre? Dass Sie das Niveau halten und anknüpfen können an die Erfolge der Vergangenheit?

An Erfolge kann man nicht anknüpfen. Jeder Erfolg startet von null, und wenn man länger Erfolg hat, sogar von unter null, weil alle nur darauf lauern, dass man versagt und sich eine Blöße gibt. – Auch wieder typisch übrigens: »sich eine Blöße geben«. Das Deutsche steckt voller Rätsel. Ich meine, »Blöße«, schön und gut, aber »sich geben«?

Und Sie hatten nie Angst davor? Angst vor dem Scheitern oder davor, dass die Serie Ihrer Erfolge abreißt, dass Ihre Kraft und Kreativität Sie verlassen?

Angst ist mein bester Freund. Angst ist der Anfang einer jeden Idee.

Aber sie kann auch lähmen, blockieren, paralysieren …

Es gab, rückblickend, vielleicht die eine oder andere Schrecksekunde, aber genau das ist die Aufgabe, dass man erfindet, aus der Not erfindet, wie es weitergeht.

Klingt, als wäre Ihre Karriere das Ergebnis einer lebenslangen Durchhalteparole …

Durchhalten ist zu wenig. Wer nur antritt, um durchzuhalten, schafft es nicht. Dafür muss man sich immer wieder aufs Neue bezaubern, immer wieder Wunder vollbringen, die man sich selbst nicht zugetraut hätte, und sich damit überraschen. Was naturgemäß schwerer wird von Jahr zu Jahr.

Jetzt hören Sie sich an wie ein Motivationstrainer oder sonst irgendein Prediger der Erfolgsreligion, der seinen Schützlingen so lange das Gehirn wäscht, bis sie über glühende Kohlen laufen.

Dauert das?

Ob es »dauert«?

Das ist die einzige Frage, die zählt. Nicht ob das, was man glaubt, wahr oder falsch ist, sondern ob es der Zeit standhält.

Der einzige ernst zu nehmende Erfolg im Leben ist die Dauer: dass man noch da ist nach all den Jahren, dass es einen zu guter Letzt immer noch gibt. Dauer ist die langsame, aber stetige Annäherung an die Unsterblichkeit. Und dabei sind Illusionen manchmal mächtiger als Wahrheiten.

Aber ist der Glaube daran nicht auch eine Frage der Kraft, der Kondition? Ist es nicht wahnsinnig anstrengend, sich ein Leben lang etwas vorzumachen?

Dauer ist eine Realität.

Sicher, nur, um zur Dauer zu kommen, ist so viel nötig an Selbstvertrauen, Selbstüberzeugung, Selbstbetrug …

Man braucht nur Gott.

Gott?

Sie wollten doch wissen, woran man noch glauben kann.

Ja, aber ich dachte, wir hätten schon darüber gesprochen, dass Gott tot ist. Oder würden Sie sagen, Er wartet nur ab?

Gott ist Zeit.

»Zeit« im Sinne von …?

Lange Zeit.

Ach so, sage ich.

KL schweigt eine Weile, als wollte er der Zeit oder Gott einen Moment lang beim Vergehen zuhören.

Ich zögere, bevor ich weiterspreche, taste mich dann aber doch vor in die Stille. – Und Sie haben nie, auch nicht für einen Moment, an Ihrer Unsterblichkeit gezweifelt?

Daran, dass ich durchkomme? Nein.

Sie sprachen von Schrecksekunden …

So habe ich das nicht gemeint.

Wie haben Sie es dann gemeint?

Das ist eine wirklich sehr intime Frage.

Und die Antwort? Ich meine, wenn es nicht zu intim ist …

Kein Kommentar.

War es der Verlust? Der Verlust Ihres Lebensgefährten? Entschuldigen Sie, wenn das zu weit geht …

Kein Kommentar.

Tut mir leid. Ich wollte nicht indiskret sein. Aber ich kann mir einfach nicht vorstellen, dass es nie einen Bruch oder Knacks gab, dass Sie immer wussten, dass Sie »dauern« würden als Einziger in dieser Branche, der alle anderen und ihre Moden überlebt …

Der Tod meiner Mutter.

Verzeihung?

Der Tod meiner Mutter.

Verzeihung, das … das tut mir wirklich sehr leid. Es muss ein Schock für Sie gewesen sein. (Wie aus großer Entfernung höre ich die Worte »Tod« und »Mutter« widerhallen.)

Reden wir nicht davon.

Schock ist das falsche Wort, Entschuldigung. Es war ja kein Verkehrsunfall, aber Sie wissen, was ich meine.

Ich bin darüber hinweg.

Die Zeit, ich verstehe.

Im Gegenteil. Die Zeit ist stehen geblieben.

In dem Moment? Ja, das … ist vielleicht das Einzige, was man sagen kann.

Glauben Sie nicht, Sie müssten mich trösten.

Nein, ich …

Das hat sie schon erledigt.

Die Zeit?

Meine Mutter. Sie ist keine Trösterin, nie gewesen, das sagte ich ja bereits. Doch sie hat es erledigt.

Sie sprachen von ihrer spöttisch-ironischen Art …

Das Erste, was ich durch ihren Tod gelernt habe, war, dass es keinen Trost gibt. Das Zweite, dass ich keinen brauche.

Aber jeder Mensch braucht Trost!

Meine Mutter hat mich immer für einen Simulanten gehalten. Wenn ich krank war und nicht zur Schule wollte, wenn ich Liebeskummer hatte und mich verkrochen habe, immer wusste sie, ich simuliere.

Das war sicher nicht leicht.

Die Frage ist: Kann man wirklich jemanden bedauern, aufrichtig bedauern, von dem man weiß, dass er durchkommt?

Ich könnte mir vorstellen, dass es Momente gibt, in denen man das nicht hören will …

Aber daran hat mich meine Mutter immer erinnert. Sie brauchte es nicht einmal zu sagen, es war ihr Blick, ihr spöttisch-ironischer Gewissheitsblick, dass man sich um mich keine Sorgen machen muss, weil ich durchkomme. Und dadurch bekam aller Verlust, alle Trauer, so tief sie auch sein mochte, etwas – ich will nicht sagen Unehrliches, aber doch etwas Uneigentliches, eine Art leisen, geheimen Unernst. Wie wenn man weiß, ich bin verletzt, tief getroffen, aber ich werd's überleben. Wie wenn man das bei jedem Schmerz, auch dem schlimmsten, von vornherein weiß und es nicht vergessen kann, selbst in der tiefsten Trauer nicht. Sogar als sie auf einmal nicht mehr da war. Als ihr Blick nicht mehr da war, in dem Moment. Ich – ich stand bei der Beerdigung an ihrem Grab. Die Reden waren gehalten. Es wurde still, ganz still mit einem Mal, und ich spürte alle Blicke auf mir, alle bis auf einen. Ihr Blick fehlte. Und es war, als würden sämtliche Trauergäste mir das ansehen. Ich hatte auf einmal so ein Gefühl, als wären sie nicht wegen meiner Mutter gekommen, sondern nur wegen mir: um zu sehen, wie ich mich hielt, ohne ihren Blick. Doch vor mir war ihr Grab, diese Grube mit dem Sarg, in dem meine Mutter lag, und die Mitte, der Mittelpunkt der Aufmerksamkeit, in dem ich stand und immer gestanden hatte, verschob sich schlagartig, schob sich in diese Grube, dieses Loch hinein, bis nichts mehr da war. Gar nichts. Alle Blicke erloschen, alle Lichter aus. Und ich stand da im Dunkeln, am Rand meiner Welt, für ich weiß nicht wie lange. Und dann auf einmal hörte ich sie …

Ihre Stimme?

Ihr Lachen. Sie lachte, ich weinte. Ja, plötzlich konnte ich weinen, wie ich noch nie geweint hatte, wie ein Kind, wie nicht mal als Kind, einfach so. Und während dieser ganzen Zeit – ich muss sehr lange geweint haben – hat sie gelacht, nicht hämisch, überhaupt nicht, sondern jung, so jung und zugleich so wissend und über alle Entfernung im Bunde mit mir, als wollte sie sagen: Komm, Junge, mach mir nichts vor, mach dir nichts vor, wir wissen beide, dass du an meinem Tod nicht stirbst, dass du auch das überstehst und durchkommst wie immer. Es ist gut, hörst du? Alles ist gut. Ich muss dir nicht leidtun – und wehe, mein Lieber, du tust dir selbst leid!

Das hat – das waren ihre Worte?

Es war ihr Blick. Es war das, was sie mir damit immer gesagt hatte, und auf einmal wurde mir klar, dass sie mich nach wie vor anschaut, dass ihr Blick nicht Vergangenheit ist, sondern mich weiter begleitet und immer begleiten wird, nicht von oben, vom Himmel herab, sondern von der Insel aus, die sie immer gewesen ist. Und diese Insel war jetzt ihr Grab. – Ist die halbe Stunde schon um?

Wie bitte?

Ich rede immer nur eine halbe Stunde, wie spät ist es?

Es ist – Sie haben recht. Ich dachte, es sei viel später. Aber Sie haben wieder mal recht, es ist erst kurz vor drei.

Ich muss Schluss machen.

Ja, also dann, danke. Das war ... vielen Dank, sage ich noch einmal. Dann bin ich still. Und KL ist auch still, und ich warte, ob er noch etwas sagt, »auf Wiedersehen« oder »Wiederhören«, etwas in der Art. Doch ich höre nur ein weiteres Mal diesen Laut, den lang gezogenen Klagelaut, noch etwas kürzer, noch etwas näher. Und plötzlich kommt mir der Gedanke, er könnte es selbst sein, kein Pfau, kein Muli, kein Esel, sondern KL in seiner nächtlichen Trauer, seine Stimme zwischen den Worten. Und ich warte weiter und höre ihn atmen, gleichmäßig und tief wie einen Schlafenden. Ich horche in ihn hinein nach seinem Klageschrei, und dann ist die Verbindung unterbrochen.

***

HS (DER FALL)

Der Zug nach Hamburg hat ca. dreißig Minuten Verspätung. Mit einem Schwung von Geschäftsreisenden betrete ich die DB-Lounge im Berliner Hauptbahnhof, um die Zeit zu überbrücken. Am Empfang zeige ich das Erste-Klasse-Ticket vor, das Bertrand mir geschickt hat, und setze mich in einen Sessel mit Blick aufs Kanzleramt. Die Frau mir gegenüber erkenne ich sofort. Ich komme nicht auf den Namen, aber sie ist es, eindeutig: ehemalige Politikerin, Exministerpräsidentin, frühere Botschafterin eines Kinderhilfswerks – und hat sie nicht auch mal bei dieser Tanzshow mitgemacht, einer der ersten Staffeln von »Let's Dance«?

Im Gegensatz zu Namen vergesse ich Gesichter nicht so schnell.

Das Erstaunliche ist: Sie sieht genauso aus wie im Fernsehen, nur jünger, viel jünger sogar, nicht so müde und verbraucht wie sonst die Gesichter, die durch die Mühlen der Medien gegangen sind. Im Gegenteil. Mit ihrem Hut – einem schwarzblauen Sommerhut aus Bast mit beigefarbenem Flatterband und breiter Krempe – wirkt sie geradezu mädchenhaft frisch. Hüte waren immer ihr Markenzeichen, ausgefallene, englisch anmutende Modelle. Offensichtlich möchte sie erkannt werden.

Wenn ich den Name nur wüsste …

Neben ihr – der Politpensionärin mit dem viel zu jungen Gesicht – sitzt niemand, doch die Plätze links und rechts sind mit Handtasche und Schal belegt. Das Personal serviert Kaffee und Mineralwasser für drei, sie ist anscheinend nicht allein hier. Leibwächter können es nicht sein, dafür ist sie nicht mehr wichtig genug. Es reicht ja nicht einmal für einen Fahrer, sonst wäre sie nicht mit der Bahn unterwegs. Nein, sie ist schon lange nicht mehr im Tagesgeschäft und im Fernsehen, fünf, sechs Jahre vielleicht. Auf dem Bildschirm schräg über ihr läuft eines der Nachrichtenprogramme, die immer laufen, mit den neuesten Schlagzeilen im Live-Ticker, ohne dass sie hinsieht. Auch das Kanzleramt in ihrem Rücken scheint sie nicht zu interessieren. Dabei steht es ihr gut.

Es kann doch nicht sein, dass mir der Name nicht einfällt!

Allerdings muss sie einen Friseur und eine Visagistin haben, die Wunder wirken und die Zeit nicht nur anhalten, sondern auch zurückdrehen können. Diese Frau sieht nicht älter aus als fünfundvierzig, mit bösem Willen vielleicht fünfzig. Selbst wenn man also sagen würde, der Abschied von der Politik habe ihr gutgetan und sie um fünf bis zehn Jahre verjüngt, fehlt in ihrem Gesicht immer noch etwa eine Dekade, die sie weggeschminkt haben muss. Eine jüngere Ministerpräsidentin hat es in Deutschland nie gegeben. Es hat vor ihr, wenn ich mich recht erinnere, überhaupt noch keine Ministerpräsidentin gegeben.

Und ich habe ihren Namen vergessen.

Ich bestelle beim Servicepersonal einen Latte macchiato auf Kosten der Bahn, KL sei Dank. Schließlich hat er das Ticket bezahlt, das ich bei meiner Bestellung noch einmal vorzeigen muss. Die Bedienung gibt mir den Rat, mich über den aktuellen Verspätungsstand auf einem Extramonitor zu informieren. Inzwischen sei der ICE nach Kiel über Hamburg voraussichtlich fünfundvierzig Minuten zu spät. Auch die Frau mir gegenüber horcht auf. Offenbar wartet sie auf denselben Zug. Doch das Lächeln unter Leidensgenossen, das ich ihr zuwerfe, geht ins Leere. Ihr Blick gilt zwei Männern Mitte vierzig, die auf sie zukommen, gefolgt von einem Fotografen mit Kamera und Stativ. Obwohl die beiden in ihren Knittersakkos nicht annähernd so elegant gekleidet sind wie sie, gehören sie offenbar zu ihr.

Im selben Moment höre ich den Mann mit dem knittrigeren Sakko sagen: »Dann machen wir ein Bild doch gleich hier. Mit dem Kanzleramt im Hintergrund.« Der andere, dessen Sakko man gerade noch als bügelfrei bezeichnen könnte, nickt mit Blick auf sein Handy und meint zu dem Fotografen: »Warum nicht? Kanzleramt und Kieler Landtag als Kontrast …«

Heide, denke ich, natürlich, Heide Simonis! Warum bin ich nicht gleich darauf gekommen? Erste Ministerpräsidentin von Schleswig-Holstein, erste Frau im Amt bundesweit, die rote Heide, die verratene Heide, die beim Versuch ihrer Wiederwahl im Kieler Landtag bei vier Urnengängen nacheinander durchgefallen ist, weil ihr immer wieder eine Stimme aus den eigenen Reihen fehlte – ein Fiasko! Lang ist's her. Damals saß im Kanzleramt hinter ihr noch Gerhard Schröder. (So schlecht ist mein Gedächtnis also doch nicht.) Nur sah sie seinerzeit schon älter aus als jetzt.

Der Knittrige beugt sich zu Heide hinunter und flüstert ihr mit Raucherstimme etwas ins Ohr. Der Bügelfreie weist den Fotografen ein, der offenbar schon unten am Gleis stand und von den beiden zurückgeholt werden musste, jedenfalls beschwert er sich mehrfach über das Rauf und Runter mit schwerem Gepäck. Heides Sessel wird in die richtige Perspektive gerückt, Fluchtpunkt Kanzleramt, die Sessel daneben ein Stück beiseitegeschoben. Das Servicepersonal steht teils helfend, teils zuschauend daneben. Die übrigen Lounge-Besucher heben gelegentlich den Blick, geben sich aber weitgehend desinteressiert. Ich kann ihnen ansehen, wie lange es dauert, bis ihnen Heide Simonis wieder einfällt.

Wahrscheinlich fragen sie sich auch, warum auf einmal dieser Aufwand: zwei Journalisten und ein Fotograf für diese Frau? (Es kann sich eigentlich nur um den SPIEGEL handeln.) Plant Heide Simonis ein politisches Comeback? Oder ist sie bei einer neuen Fernsehsendung eingestiegen? Und wie, um Himmels willen, schafft sie es, so jung auszusehen?

Inzwischen hat sie sich in ihrem Kanzleramtsvordergrund-Sessel zurechtgesetzt und eine Damenreitsitz-Pose eingenommen. Der ohnehin schlecht gelaunte Fotograf wirkt von Bild zu Bild immer unzufriedener. Offenbar missfällt ihm das Motiv oder die Pose oder beides. Die Sakkoträger stehen rat- und tatenlos daneben und spielen verschiedene Arten von Stirnrunzeln durch. Als der Fotograf kurz innehält, um die Bilder auf dem Display noch einmal durchzusehen, versuchen sie, ihm über die Schulter zu schauen. Doch er lässt sich nur widerwillig in die Karten gucken und hat einen besseren Vorschlag: »Wie wär's, wenn Sie aufstehen und sich ans Fenster stellen? Blickrichtung Kanzleramt, die Hände auf dem Rücken verschränkt, ein bisschen Feldherrnpose, ein bisschen Gerhard Schröder, nach dem Motto: ›Ich will da rein!‹«

Beim Namen Gerhard Schröder zucke ich zusammen wie an ihrer Stelle. Die beiden sollen ja nicht die besten Freunde gewesen sein. Doch Heide lässt sich nichts anmerken. Mit bewundernswerter Ruhe geht sie auf Position, nicht beflissen, aber auch nicht gelangweilt, sondern hochprofessionell.

»Etwas entschlossener, bitte, hungriger«, souffliert ihr der Fotograf.

Heide hebt das Kinn ein wenig, dreht den Kopf ins Profil. Ihre Miene bleibt unverändert, souverän und ungerührt. Selbstdarstellung hat sie nicht verlernt. Und allmählich glaube ich zu verstehen, was den Fotografen so reizt. Er will sie aus der Reserve locken, will mehr als das vorgefertigte Bild. Aber das, denke ich, haben schon andere versucht.

Noch einmal setzt er die Kamera ab und sichtet die neue Serie. Diesmal zeigt er sie dem Bügelfreien bereitwillig, und auch der Knittrige darf einen Blick darauf werfen. »Schon besser«, sagt er halblaut, »aber irgendwas fehlt …«

Ohne Vorankündigung bringt er die Kamera wieder in Anschlag, schaltet den Auslöser auf Dauerfeuer und geht dabei schnell auf sie zu – ein kleiner Paparazzi-artiger Überraschungsangriff. Doch Heide erträgt die Knipserei aus nächster Nähe stoisch und unbeteiligt, als ginge es sie gar nichts an. Von der Mühe, die es macht, die Kamera zu ignorieren, sieht man nichts.

Mein Latte macchiato kommt. Ich trinke einen Schluck (nicht schlecht) und studiere zum wiederholten Mal die Wegbeschreibung zu der Hamburger Klinik, wo KL mich sprechen will. Dann beschließe ich, ein Taxi zu nehmen, und stecke den Ausdruck wieder weg. Der Fotograf hadert unterdessen mit dem Licht und bittet den Bügelfreien, ein Spanntuch mit einer reflektierenden Beschichtung zu halten, während er ein neues Objektiv aufschraubt. Heide Simonis nutzt die kurze Pause und lässt sich auf der Sessellehne nieder – ein unbeobachteter, fast melancholischer Moment der Versunkenheit, den auch der Fotograf bemerkt. Mit Schnellauslöser macht er vier, fünf

Schnappschüsse hintereinander. Dann ist der Moment vorbei und Heide steht wieder exakt auf Position.

Zum ersten Mal wirkt der Mann mit der Kamera zufrieden, während er sich durch seine Bilderbeute klickt. Er hat bekommen, was er wollte, das halb private, nicht gestellte Foto, das Bild mit offenem Visier. Ich kann schon hören, wie er es seiner Redaktion verkauft: die andere Heide, die Melancholikerin in der Kämpferin, die selbstvergessene Frau in der selbstbewussten und so weiter. Was jetzt noch fotografiert wird, ist Formsache. Alle spüren das, auch der Bügelfreie, der wie bestellt und nicht abgeholt mit dem Reflektor hantiert und wahllos Leute blendet. Niemand erhebt Einspruch, als Heide mit einem Blick zu verstehen gibt, sie habe nun lange genug als Fotomodell zur Verfügung gestanden. Sofort springt ihr der Knittrige bei: Es sei gut jetzt, man wolle die übrigen Gäste nicht weiter stören. Dabei sind mittlerweile selbst die scheinbar Desinteressiertesten unter den Lounge-Besuchern zu Heides Zuschauern geworden.

Erst als der Fotograf sich zurückgezogen hat und Heide Simonis wieder in ihrem Sessel sitzt, kommt mir der Verdacht, ihr »unbeobachteter Moment« könne vielleicht gar nicht so privat gewesen sein. Womöglich hat sie auch das nur gespielt, um den Fotografen zufriedenzustellen, und das Intime war Teil ihrer Inszenierung. Heide trinkt einen Schluck Kaffee und schließt ihre großen Augen. Ganz bestimmt war es so.

Ob ich sonst noch einen Wunsch hätte, fragt mich die Bedienung. Ich schaue kurz auf die Uhr und bestelle das Gleiche noch einmal.

Die Sakkoträger nehmen links und rechts von Heide Platz. Sie hat ihre Tasse noch nicht ausgetrunken, da bringt der Bügelfreie bereits ein neuartiges Aufnahmegerät in Stellung. (Verglichen mit meinem Diktafon ist es Science-Fiction.) Heide lächelt gelassen über den Rand ihrer Tasse hinweg, mehr Mona Lisa als Gerhard Schröder. Diese Frau wird nichts preisgeben, was sie nicht preisgeben will. Jetzt kommen die Worte, und die Worte hat sie unter Kontrolle.

Dafür, dass sein Gerät so hochmodern ist, testet der Bügelfreie ziemlich umständlich das Mikro. Dann blättert er in seinen Notizen, räuspert sich und stellt eine Frage, die ich nicht verstehe, weil er sehr leise spricht.

Zu meiner Überraschung antwortet nicht Heide selbst, sondern der Knittrige mit Raucherstimme. Ihn verstehe ich gut, ich verstehe nur nicht, warum er redet. Vom SPIEGEL kann er nicht sein (es sei denn, die SPIEGEL-Redakteure sind vollends dazu übergegangen, sich gegenseitig zu interviewen). Vielleicht, überlege ich, ist er eine Art Referent oder Assistent? Aber wer hat nach zehn Jahren ohne Amt noch Referenten? Und für einen Assistenten redet er zu viel. Es muss sich um einen persönlichen Berater oder Sprecher handeln, so wie er sich darüber auslässt, dass durch die »Schmach von Kiel« der Name Heide Simonis ein Synonym für parteipolitischen Personalverschleiß geworden sei. »Die Heide machen« heiße in der SPD so viel wie: in eine aussichtslose Abstimmung geschickt werden. Denn Schröder und Müntefering seien es gewesen, die Heide Simonis gedrängt hätten, durchzuhalten und immer wieder anzutreten, weil sie befürchteten, eine Rot-Grüne Niederlage in Schleswig-Holstein würde flächenbrandartig auf andere Bundesländer übergreifen. Dank ihnen bedeute »Simonis« seither für Politiker, was »Waterloo« für Napoleon bedeutet habe: die schlimmstmögliche Schlappe. Dabei könne sie eigentlich nichts dafür. Ihr größter Fehler sei gewesen, sich der Parteiführung nicht zu verweigern, und dafür habe sie einen hohen Preis gezahlt. Von der Vorreiterin und Frontfrau in einem männerdominierten Politikbetrieb rede niemand mehr. Statt als harte Verhandlerin und Ministerpräsidentin mit Charakter in die Geschichte einzugehen, stehe ihr politisches Lebenswerk ganz im Zeichen dieser letzten großen Blamage. Und das sei im Grunde der eigentliche Skandal, dass sich dieser eine schwarze Tag vor alles andere schiebe und das komplette Bild bestimme!

Der Bügelfreie nickt und wirft einen erwartungsvollen Blick auf Heide. Doch sie scheint dem nichts hinzufügen zu wollen, sondern hüllt sich in Schweigen und ihr Schweigen in Lächeln.

Dass die nächste Frage eine kritische ist, sehe ich an der Art, wie der Bügelfreie sie stellt. (Er kratzt sich hinterm Ohr und fasst sich an die Nase, sogar zweimal, als würde er sich im Voraus dafür entschuldigen.) Doch der Knittrige hat offenbar gelernt, auf kritische Nachfragen nicht emotional oder aggressiv zu reagieren. Mit einem einstudierten Singsang geht er hinweg über »Let's Dance« und andere Trash-Formate wie eine Trödel-Auktions-Show und einen Paukerbesuch im Sexualkundeunterricht, zu dem Heide Simonis sich habe hinreißen lassen. (Davon wusste ich gar nichts!) Offenbar sei ihr nicht klar gewesen, wie sehr sie mit der Katastrophe im Kieler Landtag die Deutungshoheit über ihr Leben verloren habe. Nicht nur alles, was sie davor getan habe, sondern auch alles, was sie danach noch tun würde, erscheine in diesem Licht. Zu groß – groß wie Windmühlen, sagt er – seien die Vorurteile von der macht- und mediengeilen Politikerin, die »an ihrem Stuhl« klebe und immer im Mittelpunkt stehen müsse, ganz gleich, auf welchem Niveau …

Damit ist die öffentliche Meinung über sie ziemlich korrekt zusammengefasst. Allerdings wundert mich, dass der Knittrige von Heide Simonis in der dritten Person spricht. Wenn es ein Zeichen dafür gibt, dass sie die Deutungshoheit über sich und ihr Leben verloren hat, dann das. Oder wie muss sie sich fühlen, wenn in ihrem Beisein über sie gesprochen wird, als sei sie gar nicht da?

Doch Heide scheint das nichts auszumachen. Sie lächelt alle bösen Sätze einfach weg. Vermutlich hat sie als politische Frau schon so viel Häme und Gehässigkeit über sich ergehen lassen, dass sie mit ihrer öffentlichen Person in friedlicher Schizophrenie parallel lebt.

Ich nehme meinen zweiten Latte macchiato entgegen und trinke ihn heiß, während sich der Knittrige bemüht, das schiefe Bild wieder gerade zu rücken. »Mediengeilheit« sei ein gutes Beispiel für die Vorurteile, gegen die man sich nicht wehren könne, weil jeder öffentliche Korrekturversuch sofort wieder als »mediengeil« abgetan würde. Das gelte auch für Heides viel beschworenen Abstieg ins Unterschichtenfernsehen. Sie habe zeigen wollen, wie locker sie sei, doch gesehen habe man nur ihre Verzweiflung – eine Frau, gefangen in ihrem Klischee, aus dem es kein Entkommen gebe. Der Fall Simonis sei ein modernes Medienschicksal, eines der ersten hierzulande, lange vor der sogenannten Causa Wulff.

Der Fall Simonis, stutze ich, was für ein Fall? Und wenn es ihn gegeben hat, ist er nicht längst ad acta?

Doch auch den Bügelfreien scheint dieser Fall zu interessieren. Ob das Ganze nicht vielmehr eine Stilfrage sei, hakt er kritisch und sich kratzend nach. (Diesmal verstehe ich seine Frage, weil er dem Blick des Knittrigen ausweicht und in meine Richtung spricht.) Es sei schließlich ein altes Theatergesetz, dass der Abgang über den Gesamteindruck entscheide. Und wer dabei stolpere, könne das nicht wettmachen, indem er noch mal auf die Bühne komme. Im Gegenteil. Wenn es etwas gebe, was einen Abgang todsicher beschädige, dann der Wiederauftritt. Das sei ja das Peinliche an jedem Comeback. Die Würde des Abgangs bestehe in seiner Endgültigkeit, das gelte auch für Heide Simonis. Und genau das sei ihr größter Fehler, dass sie offensichtlich weder wisse, wie man abgeht, noch, dass man nicht mehr zurückkommt.

(So viel Deutlichkeit hätte ich dem Bügelfreien nicht zugetraut. Kein Wunder, dass auch er von Heide vor Heide lieber in der dritten Person spricht.)

Danke, sagt wiederum der Sprecher an Heides Seite, nein, wirklich, er sei sehr dankbar für diese Bemerkung, weil sie zeige, wie sehr wir – und da nehme er sich gar nicht aus – jede politische, moralische und gesellschaftliche Frage zur Stilfrage erklären würden. (Wir sind also beim »wir« angekommen, denke ich.) Stil beherrsche mittlerweile alles, jede Art von Diskussion. Und in der Politik sei es besonders schlimm. Nachdem es längst nicht mehr um Inhalte gehe, gehe es mittlerweile auch schon nicht mehr um Personen, sondern nur noch um ihre Performance, die Art und Weise ihres Auftretens – weshalb sich die Medien mit solcher Zerstörungswut auf die Personen stürzen würden, die sie als stillos oder langweilig ausgemacht hätten, wie Heide Simonis, Christian Wulff und nicht zuletzt Peer Steinbrück, den Bruchpiloten, der versucht habe, durch Stillosigkeit die Wahl zum Kanzler zu gewinnen.

(Heide Simonis guckt inzwischen ungerührt die ntv-Nachrichten schräg über sich, behält aber ein vages Lächeln im Gesicht. Vermutlich hört sie gar nicht zu.)

Das sei ja alles ganz interessant, beantworte aber nicht seine Frage, sagt der Bügelfreie fast wie zu mir, weil er dem Knittrigen noch immer nicht ins Gesicht sehen kann. Dabei lächelt der sein antrainiertes Ich-kann-mit-Kritik-super-umgehen-Lächeln (als Sprecher von Heide Simonis muss er das wohl auch).

Es sei ja auch keine Frage gewesen, sondern Stilkritik, erwidert der Knittrige. Im Übrigen würde aus Heide Simonis – Hutmode hin oder her – keine Stilikone mehr, da seien sich alle Anwesenden sicher einig, und der Oscar als beste Selbstdarstellerin dürfte auch nicht an sie gehen. (Er lacht kurz und keuchhustend auf, dann ist er wieder todernst.) Doch wie auch immer, ihre medialen Fehltritte und schlechten Haltungsnoten dürften nicht darüber hinwegtäuschen, dass Heide Simonis eine zutiefst tragische Figur sei und ihr Fall eine Tragödie.

Eine Tragödie?, fragt der Bügelfreie erstaunt.

Der Knittrige nickt. Er habe sich ausgiebig damit beschäftigt und, ja! Man könne förmlich spüren, wie sich das Bild von Heide Simonis in der Öffentlichkeit vom Komischen zum Tragischen wandle. Ein hochinteressantes Phänomen! Niemand Geringeres als Woody Allen habe einmal gesagt, Komik sei Tragik plus Zeit, was so viel heißen solle wie dass der zeitliche Abstand auch die schlimmste Tragödie irgendwann komisch erscheinen lasse. Doch der Umkehrschluss sei eben auch wahr: Komik plus Zeit sei Tragik. Denn eine Figur wie Heide Simonis, die im ersten Moment dermaßen verspottet und ausgelacht worden sei, erscheine im zeitlichen Abstand irgendwann tragisch. Man denke nur an die Entwicklung beim alten Helmut Kohl: Karikatur plus Zeit gleich tragische Figur …

Also nein, sagt der Bügelfreie (jetzt wieder direkt zum Knittrigen, aber lauter), es gebe einfach Peinlichkeiten, die nicht verjähren, da könne noch so viel Zeit vergehen, sie seien und blieben die Evergreens in der politischen Pannenshow. Und im Ranking der peinlichsten Politiker sei Heide Simonis nach wie vor unter den ersten drei.

Das sei nur eine Frage der Perspektive, hält ihr Sprecher tapfer dagegen.

Der Bügelfreie schüttelt den Kopf. Es tue ihm leid, aber er könne sich beim besten Willen keine Perspektive vorstellen, in der aus Heide Simonis eine tragische Heldin würde.

Eine Frage der Perspektive, bleibt der Knittrige dabei. Wenn zum Beispiel Bertolt Brecht noch leben würde, wäre der Fall Heide Simonis durchaus ein Stoff für ihn.

Bertolt Brecht?, ruft der Bügelfreie ungläubig und vergisst sogar das Kopfschütteln.

Doch der Knittrige lässt sich nicht aus der Ruhe bringen: Wenn man schon vom Theater rede, von großen Auftritten und Abgängen, dann müsse man auch das Potenzial ihres Falles sehen. Er habe durchaus Brecht'sche Dimensionen und das Zeug zu einer Modellinszenierung am Berliner Ensemble: »Landesmutter Simonis« – ein Lehrstück nach der Devise: »Die Partei hat sie gemacht, die Partei hat sie vernichtet!« Die Fabel: Eine Pionierin der Frauenquote im hohen Norden zwischen Deichbauern und Krabbenfischern wird von der Parteizentrale mit sinnlosen Durchhalteappellen und bundespolitischem Kalkül demontiert …

Der Bügelfreie notiert etwas, entgegnet aber nichts.

Noch besser eigne sie sich allerdings für Shakespeare und das elisabethanische Theater. (Der Knittrige kommt jetzt richtig in Fahrt.) »Heide Simonis – ein Königinnen-Drama«! Die als starke Frau unter den Lords verhasste Regentin muss ihren Thron gegen Feinde aus dem Innern ihres Landes behaupten und versichert sich in einer Probeabstimmung ihrer Getreuen. Als es dann zum Schwur kommt, verweigert ihr ein Intrigant aus dem eigenen Lager hinterrücks die Gefolgschaft und macht die Königin vor den Augen des Volkes zur Närrin. Oder –

Jetzt lässt der Bügelfreie sogar den Stift sinken. –

Oder am besten gleich griechische Antike! »Simonis« von Sophokles. Nach den Wirren eines bürgerkriegsähnlichen Wahlkampfs sind die Machtverhältnisse im alten Kiel ungeklärt. Die vormalige Herrscherin tritt wieder an – unter gutem Zureden des Chors der Parteimitglieder und des obersten Donnergottes Gerhard Schröder. Sie soll die Geschicke der Stadt in sichere Bahnen lenken und die kosmische Ordnung wiederherstellen. Doch die nach Meinung der meisten Männer und Götter zu hoch aufgestiegene Machthaberin wird vom Schicksal unbarmherzig in die Schranken gewiesen. Durch einen Verrat, den niemand begangen haben will, kommt sie zu Fall und wird unter den Flüchen des Medienorakels von Delphi in die TV-Unterwelt verbannt …

Der Knittrige hat sich so weit in den Vordergrund geredet, dass ich gar nicht richtig mitbekomme, wie Heide Simonis sich entschuldigt. Als sie ihr Mona-Lisa-Lächeln fallen lässt und aufsteht, sehe ich erschrocken an ihr hoch, weil ich ihren Abgang (!) als Reaktion auf das Gesagte verstehe. Doch offenbar will sie nur zur Toilette. Der Knittrige und der Bügelfreie scheinen jedenfalls ganz unbesorgt, dass sie wiederkommt.

Ihr Gang wirkt erstaunlich leicht und unbeschwert.

Diese Frau sei ein tragischer Fall, senkt der Knittrige seine Raucherstimme, wirklich tragisch. Ihr sei genau das passiert, wovon sie gedacht hätte, dass es ihr nie passieren würde. Heide-ich-denke-was-was-du-nicht-siehst-Simonis, die Exfinanzministerin und Ministerpräsidentin mit dem Pokerface, der es in den unmöglichsten Situationen gelungen sei, ihr Gesicht zu wahren, ausgerechnet sie habe es in dem Moment verloren, der für immer ins Bewusstsein der Öffentlichkeit eingebrannt sei. Unvergessen die Bilder, wie sie nach dem fehlgeschlagenen vierten Wahlgang dagestanden habe im hohen Kieler Haus, ihrem einstigen »Wohnzimmer«, und nicht gewusst habe, wo sie war und wie ihr geschah. Bilder ihrer schlimmsten Stunde: eine Frau, die alles im Griff zu haben glaubte, die zu sagen pflegte, wo es langzugehen habe, auf fast obszöne Weise bloßgestellt, hilflos, orientierungslos, handlungsunfähig, die Gesichtszüge entglitten, mit einem Blick wie die Kuh vorm Kalben, nicht nur leer und glasig, sondern schlimmer noch: blöd! Man sah es ihr wirklich an, der roten Heide mit dem scharfen politischen Verstand, dass sie zu blöd war, um zu verstehen, dass man sie gerade verraten hatte, schlicht und ergreifend verraten. Sie kapierte nicht, dass die Mehrheit, die sie eben noch bei der Probeabstimmung im Fraktionssitzungssaal gehabt hatte, ein viertes Mal nicht zustande gekommen war und ihr wieder eine Stimme fehlte, nicht nur als Denkzettel oder Schuss vor den Bug, sondern für immer, dass sie diese eine Stimme nie und nimmer bekommen würde, und wenn sie sich auf den Kopf stellte, den blöden, begriffsstutzigen, in den es einfach nicht hineinwollte, dass ihr schlimmster Albtraum Wirklichkeit geworden war und es nicht reichen würde, für keine Mehrheit, nie wieder, dass ihre Karriere, ihre Ära (der Knittrige malt mit zwei Fingern Anführungszeichen in die Luft) ab sofort zu Ende war und es keine Fortsetzung geben würde, nichts, die Zukunft ausgeräumt und leer gefegt bis auf diese eine fehlende Stimme, die sie von nun an begleiten würde, wo immer sie gehen und stehen würde. Und genau das sei der Punkt, kommt der Knittrige zum Schluss: Es sei höchste Zeit, Heide Simonis aus ihrer Lächerlichkeit zu befreien und dieser Figur ihre Tragik zurückzugeben!

Ich mustere ihn aus den Augenwinkeln, nicht nur überrascht, sondern verblüfft, richtig verblüfft. Dann bemerke ich, dass der Bügelfreie ihn genauso ansieht und große Mühe hat, die nächste Frage zu formulieren.

Da müsse er passen, leider, so intensiv habe er sich jetzt nicht mit der Tragödie beschäftigt, schon gar nicht im Hinblick auf Heide Simonis. Vom Deutschunterricht in der Schule wisse er über die Tragödie im Grunde nur eins: Am Ende seien alle tot. Punktum. Die tragische Figur sterbe am Schluss, die komische heirate, und das sei der Hauptunterschied. Nun kenne er sich mit dem Gesundheitszustand von Heide Simonis nicht aus, aber wenn es darum gehe, dass sie ihre Tragik wiedererlange, dann dürfte für sie, die Abgangsunfähige, der Tod praktisch die einzige Möglichkeit sein, abzutreten, ohne dass sie etwas falsch machen könne, denn von dort würde selbst sie nicht zurückkommen …

Das sagt er nicht wirklich, oder? Ich kann nicht glauben, dass der Bügelfreie das wirklich gesagt hat, und denke die ganze Zeit nur, was für ein Glück, dass Heide gerade auf die Toilette gegangen ist. Ich denke tatsächlich nichts anderes als: Ein Glück, sie ist auf Toilette!

Doch der Knittrige wirkt überhaupt nicht entsetzt. (Offenbar hat er sich bei seinem Gelassenheitstraining für sämtliche Fiesheiten desensibilisieren lassen.) Das sei in der Tat die große Frage, fährt er fort: Wende oder Ende? Befinde sich der Fall Simonis im dritten oder im fünften Akt? Darauf gebe es keine richtige oder falsche Antwort. Es liege ganz im Auge des Betrachters. Wobei er persönlich an die Wende glaube. Das Ende halte er für überschätzt. Der Tod trage zur Wahrheitsfindung viel weniger bei, als man gemeinhin denke. Letztlich sei er nur die Überführung eines Klischees in das andere, die Transformation der Bosheit in die Verbrämung. Und gerade diejenigen, die aus Heide Simonis zu Lebzeiten eine Witzfigur gemacht haben, würden die ersten sein, die sie nach ihrem Tod zur Heiligen verklärten. Nachrufe seien, genau genommen, auch nur eine Form der Nachrede, keine üble, sondern eine übergute, aber genauso zerrbildhaft. Letztlich spiele es keine Rolle, ob man jemanden in den Staub trete oder auf einen Sockel stelle, beides seien Übertreibungen aus ein und derselben Wurzel der Unwahrhaftigkeit.

Für einen Moment sieht der Bügelfreie knittriger aus als der Knittrige. Eine Wende und zwei Akte, fragt er missmutig, so viel komme da noch?

Und ob, erwidert der Sprecher geheimnisvoll.

Dann sei mit echten Enthüllungen zu rechnen?

Enthüllungen seien jetzt nicht sein primäres Ziel gewesen, aber natürlich habe er eigene Recherchen angestellt … (Der Knittrige lächelt jetzt wie seine Chefin oder Mona Lisa.)

Und? Was sei dabei herausgekommen?

Ach Gott, Journalisten würden immer Ergebnisse sehen wollen (natürlich lässt er sich noch etwas bitten). Doch von dieser Ergebnisfixierung habe er sich inzwischen gelöst und seine Recherchen weniger investigativ betrieben …

Wenn er den Namen des Verräters kenne, müsse er ihn auch nennen, droht ihm der Bügelfreie jetzt regelrecht, die Öffentlichkeit habe ein Recht zu erfahren, welcher Abgeordnete bei der Probeabstimmung vor dem vierten Wahlgang noch für Heide Simonis gestimmt habe, um sie in falscher Sicherheit zu wiegen und dann ein weiteres Mal durchfallen zu lassen. Also, wenn er neue Informationen habe, raus damit!

Das komme wirklich darauf an, was man unter »neu« verstehe, lässt sich der Knittrige nicht drängen. Informationen seien aus seiner Sicht grundsätzlich nicht neu. Das sei ja gerade die Tragödie unseres Informationszeitalters, dass es durch die Unmengen an Information nichts wirklich Neues mehr produziere, nur Neuigkeitswerte von ein und derselben Sorte, die ebenso schnell verbraucht seien, wie sie bereitgestellt würden.

Sei es Ralf Stegner gewesen?, fragt der Bügelfreie trocken. (Wer war noch mal Ralf Stegner?, frage ich mich.)

Wie bitte?, fragt der Knittrige zurück, als habe er nicht recht gehört. Dabei war es die deutlichste Frage von allen.

Ob es Simonis' Kronprinz in der schleswig-holsteinischen SPD gewesen sei, Ralf Stegner …

Sei das die Frage? Und was würde sich ändern, wenn man es wüsste? Nein, antwortet der Knittrige sich selbst, mit ihm gebe es keinen Krimi, keine Neuauflage des Kieler Tatorts nach dem totgerittenen Ermittlerprinzip: Wer war der Täter? Die Antwort darauf könne nur schlichte Gemüter zufriedenstellen, die nie an einer Welt gezweifelt hätten, in der das Gute siege und das Böse hinter Gittern lande, einer Welt, in der man die Übeltäter nur ausfindig machen und zur Rechenschaft ziehen müsse, dann würde alles wieder gut. Dabei sei das Rätsel, wer es damals getan habe, höchstwahrscheinlich längst gelöst. Die Information liege bereits auf Halde in irgendwelchen Datenbanken des SPIEGEL oder der Husumer Neuesten Nachrichten. Und man warte nur auf einen politisch opportunen, besonders effektvollen Zeitpunkt oder auf das nächste fußballfreie Sommerloch, um groß damit aufzumachen.

(Demnach ist der Bügelfreie also definitiv nicht vom SPIEGEL und auch nicht von den Husumer Neuesten Nachrichten, sonst wüsste er Bescheid.)

Oder was verspreche er sich von dem Namen?, fragt der Knittrige nun den Bügelfreien: »Förde-Gate«, einen ARD-Brennpunkt über »den Mann, der das Kreuzchen machte«, gefolgt von der Talkshow: »Hilfe, ich habe Heide Simonis verraten!« Oder einen Politthriller mit Axel Milberg als »Der Hinterbänkler« – der beliebte Kieler TV-Kommissar, wie man ihn noch nie gesehen habe: in der Rolle des Deichgrafen von Halligen, der sein Landtagsmandat von seinem Vater geerbt habe und bei jeder Schlüsselstelle des Drehbuchs den Wink-mit-dem-Zaunpfahl-Satz murmle: »So was wie Heide Simonis, das haben wir früher lebendig im Deich begraben!« Oder eben doch der unvermeidliche Tatort mit Axel Milberg, wie man ihn ständig sehe, als TV-Kommissar auf den Spuren irgendeiner Leiche in irgendeinem Keller, und mit einem Gastauftritt von Angela Merkel als Angela Merkel und einem gar nicht untalentierten Re-Enactment ihrer Schadenfreude, als sie die Nachricht von Heides vierter Wahlniederlage auf ihrem Handy lese, gekrönt von einer ungeschnittenen Neunzig-Sekunden-Großaufnahme von ihrem hämischen Vernichtungskichern?

Ich kann nur hoffen, dass Heide Simonis auf der Toilette lange, lange braucht.

Er finde das abwegig? Verstiegen? Zu weit hergeholt? (Der Knittrige interviewt jetzt regelrecht den Bügelfreien.) Falsch, ganz falsch! Das sei der absolute Mainstream. Er glaube gar nicht, wie viele Sender ihm geraten hätten, einen Krimi daraus zu machen, weil im deutschen Fernsehen eigentlich nur noch Krimi gehe. Und das sei auch völlig logisch, ideologisch, die Logik und Ideologie des Informationszeitalters, deren Hauptpropagandainstrument der Krimi sei. Jeder Krimi verbreite das Märchen von der guten Information: »Die Welt sucht eine Info, und eine Info heilt die Welt!« Insofern sei die Fernsehkrimiinflation nichts als die Gebetsmühle der Informationsgläubigen, um sie in ihrer Überzeugung zu bestärken, die Welt würde eine bessere, wenn man nur alle Informationen beisammenhabe und wisse, wer was getan habe und wo man Sonntagabend zwischen 20.15 und 21.45 Uhr gewesen sei.

Aber –

Nein, nein, er sei bei der Sache, beeilt sich der Knittrige, als ihm der Bügelfreie ins Wort fallen will. Genau das sei der Punkt, dass wir die Information für das höchste Gut und Allheilmittel hielten! Wie keine Epoche zuvor hätten wir verlernt, mit dem Nichtwissen zu leben, dabei sei es das Menschlichste überhaupt. Doch dieses menschliche Nichtwissen und nichtwissend Menschliche an uns hielten wir nicht mehr aus. Unsere Zuflucht in allen Lebenslagen sei nicht wie vor Jahrhunderten die Kirche, Gott bewahre, sondern eine Suchmaschine. Eine nicht verfügbare oder auch nur verzögerte Information bringe uns schon aus der Fassung. Das sokratische »Ich weiß, dass ich nichts weiß« sei die Katastrophe schlechthin. Ohne

Information sei man vom Leben ausgeschlossen – so das große digitale Credo –, ohne selbst Information zu werden, sei man nicht existent. Dabei könne man gerade das von Heide Simonis lernen: Nicht nur, wie man weiterlebe, wenn alles, wofür man gelebt habe, zerstört worden sei, sondern auch, wie man mit dem Nichtwissen lebe, wer einem das angetan habe. Und genau darin bestünden der vierte und der fünfte Akt …

Gut, sagt der Bügelfreie etwas lahm, dann sei mit dem Namen des Heide-Mörders also nicht zu rechnen.

Wenn er so direkt frage: Nein. Täter und Namen von Tätern würden ihn nicht interessieren, sagt der Knittrige, sondern nur noch deprimieren, wie die Lüge der Information überhaupt. Deswegen ertrage er keine Krimis mehr, er drehe auch keine Krimis mehr, nie wieder, da könne man ihn wörtlich zitieren, falls es eine Neuigkeit sei. (Moment, soll das etwa heißen …?) Ja, einer seiner wegweisenden Schritte als Regisseur (er ist Regisseur?) sei es gewesen, sich die Rechte an dem Fall Heide Simonis zu sichern (was für Rechte? Filmrechte?), übrigens ohne eine heiße Spur, ohne die geringste Ahnung, wer der Täter sei. Lange Zeit habe er selber geglaubt, er könne den Film (Film!) nicht machen, solange ihm diese Information fehle. Jahrelang sei er über ein und dieselbe Leerstelle nicht hinausgekommen, über ein und dasselbe Fragezeichen. Dann endlich habe er verstanden, dass es nicht darum gehe, sämtliche Informationen zusammenzubekommen, sondern umgekehrt um die Unvollständigkeit des Schicksals. Nicht die runde Geschichte sei die wahre Geschichte, nicht das voll ausgeleuchtete Leben das Tragische, im Gegenteil: Das Nichtwissen sei die Wahrheit und das Leben damit der letzte Akt.

(Was?!)

Wolle er damit sagen, es handle sich um eine Tragödie, aber die Hauptfigur sterbe nicht am Schluss?, fragt der Bügelfreie kritisch (filmkritisch, demnach – wenn der Knittrige Filmemacher ist, ist der Bügelfreie Filmkritiker, so langsam wird mir alles klar).

Nicht die Hauptfigur sterbe, sondern die Frage, und zwar ohne Antwort. Der Tod dieser Frage sei das Ende, sofern man es verraten dürfe, verrät der Regisseur (er sieht sogar aus wie ein sehr bekannter Regisseur). Und genau das wolle er damit sagen. Der Fall Simonis sei die Tragödie der fehlenden Information, der Fall einer Frau vom Licht der Öffentlich-Rechtlichen ins Zwielicht des Privatfernsehens und immer weiter bis auf den informationellen Nullpunkt – Fall, wohlgemerkt, im doppelten Sinne von Vorfall und Sturz. Daher der Titel.

(»Der Fall Simonis« ist ein Filmtitel, klar-klar!)

Das klinge aber sehr nach Arthouse, meint der Kritiker.

Ja, das habe er zuerst auch gedacht und sei mit Arte und 3sat in Kontakt getreten – damals habe sein Filmprojekt noch »Die Unvollständigkeit des Schicksals« geheißen. Und die Redaktionen seien von seinem Konzept durchaus beeindruckt, ja sogar begeistert gewesen, um dann zu dem Ergebnis zu kommen, dass es – genau wie er sage – absolut Arthouse sei: hochgradig anspruchsvoll, intelligent und aufregend. Insofern passe es hundertprozentig in ihr Programm, hätten sie ihm versichert, nur handle es sich eindeutig um einen Krimi und er solle doch bitte wiederkommen, wenn er wüsste, wer der Täter sei.

Aber wenn er den Film jetzt abgedreht habe und das noch immer nicht wisse, was gebe es in dem Fall Simonis überhaupt Neues über Heide Simonis, außer dass sie mittlerweile seit ziemlich genau zehn Jahren ohne Bedeutung sei?

(Ich glaube, auch der Kritiker ist sehr bekannt, sehr kritisch.)

Genau das habe er sich auch gefragt, und lange sei er selbst unsicher gewesen, wie die richtige Antwort laute, sagt der Regisseur (den wirklich jeder kennt, ich habe nur seinen Namen vergessen). Doch eines wisse er nach all seinen Recherchen, dass der Fall Simonis kein Krimi sei, sondern ein Schicksal. Und Schicksale ließen sich nicht durch Informationen oder Neuigkeiten ermessen, sondern nur durch Erfahrung. In diesem Sinne lade er jeden geistig regen Zeitgenossen herzlich dazu ein, den Weg von Heide Simonis mitzugehen und diese Schicksalserfahrung mit ihr zu machen – als Zuschauer seines Films.

Schön und gut, meint der Kritiker (der kein Kritiker wäre, wenn er wirklich meinen würde, dass es schön und gut sei), nur habe er persönlich immer ein Problem mit Bio-Pics. Das Biographical Picture – oder was sich so nenne – sei ihm immer zu brav, zu beweihräuchernd und zu absehbar sowieso, mal abgesehen davon, dass die Biografie von Heide Simonis ja noch nicht zu Ende sei, nicht ganz.

Das habe ihn auch nicht interessiert, sagt der Starregisseur (der es sich offenbar leisten kann, so vollmundig von sich zu sprechen). Interessiert habe ihn an dem Fall Heide Simonis nicht die Biografie, schon gar nicht die ganze, von Anfang bis Ende, sondern das Unvollendete ihres Lebens, die Tragik der Unvollständigkeit.

Und er habe nie – auch nach ihren unterirdischen TV-Auftritten nicht – Angst gehabt, dass kein Mensch mehr Heide Simonis sehen wolle, weder ihre ganze Geschichte noch die unvollständige, geschweige denn ihre Tragödie?

Der Regisseur setzt sein kampferprobtes Ich-kann-mit-Starkritikern-super-umgehen-Lächeln auf. Keine Sorge! Selbst im schlimmsten anzunehmenden Fall, dass niemand Heide Simonis sehen wolle, gehe er jede Wette ein, dass alle seine Hauptdarstellerin als Heide Simonis sehen wollen. Sie sei eine echte Entdeckung und noch echtere Wiederentdeckung. Das habe das ganze Team vom ersten Drehtag an gespürt. Und alle, die den Rohschnitt gesehen hätten oder die interne Abnahme, seien sich einig gewesen – einig wie nie –, dass sie die beste, bewegendste, berührendste Heide Simonis sei, die es je gegeben habe.

(Eine Schauspielerin, natürlich, daher das junge Gesicht!)

Sie sei zeitlos, alterslos, schwärmt der Regisseur weiter, und das sage er nicht nur so. Es habe mit ihrem Comeback als Schauspielerin zu tun, einem Comeback aus der Vergessenheit, der nahezu völligen. Man erinnere sich wirklich an keinen einzigen Film mit ihr, und er habe sich für das Casting auch bewusst keines ihrer frühen Machwerke angeschaut, Jugendsünden allesamt, Sternstunden des Unerheblichen. Danach sei sie komplett von der Bildfläche verschwunden. Aber ihr Gesicht komme einem irgendwie bekannt vor. Schon auf den ersten Blick habe man das Gefühl eines Wiedersehens, den Verdacht einer Ähnlichkeit. Und irgendwann bei einer der endlosen Sitzungen mit dem Casting-Agenten zwischen Bergen von DVDs und Schauspielermappen sei ihm ihr Foto in die Hände gefallen und er habe sofort gewusst, dass es genau darauf ankomme: Für diesen Film würde er niemand mit einem Namen suchen, keine aktuell A- oder B-Prominente, sondern eine Namenlose, eine Schauspielerin aus der Versenkung, bei der Erinnern und Vergessen zu einem vagen Déjà-vu verschwimmen, sodass man vielleicht noch wisse, dass sie jemand sei, aber garantiert nicht mehr, wer. Ja, auf einmal habe er begriffen, was ihm eigentlich von Anfang an hätte klar sein müssen, dass es in diesem Film vor allem um die späte Simonis gehe und dass er für die Besetzung den fünften Akt im Auge haben müsse. Wie jede Tragödie erzähle sich auch der Fall Simonis vom Ende her, und nur eine Schauspielerin, die um dieses Ende wisse und durch das Schicksal des Vergessen-Werdens gegangen sei, könne am Ende glaubhaft sein. Das habe er auch gleich dem Casting-Agenten gesagt, der ganz blass geworden sei, weil er wie alle beim Fernsehen den Auftrag verinnerlicht habe, so prominent und jung wie möglich zu besetzen. Aber das sei falsch, Casting-Politik hin oder her, ja, sie hätten die ganze Zeit falsch und in einer ganz falschen Zeit gesucht, denn in Wahrheit und im Interesse der Wahrheit sei das, was sie bräuchten, die Simonis danach. Nur mit einer Simonis danach lasse sich die Tragödie der Simonis davor erzählen, während sich mit einer Simonis davor, die vom Ende nichts wisse, keine Tragödie erzählen lasse, sondern nur der Unfall einer Ahnungslosen, ein Totalschaden des Zufalls.

Hm, macht der Kritiker, alles andere als überzeugt. Er könne sich jetzt nicht so genau erinnern, aber seines Wissens bestehe zwischen der späten Simonis in Wirklichkeit und der Simonis im Film ein Altersunterschied von ungefähr einem Vierteljahrhundert …

Ja, aber das sei doch noch gar nichts! Was er denn glaube, fragt der Regisseur den Kritiker, wie viele Diskussionen es gegeben habe mit seinem Produzenten und den beteiligten Sendern, weil alle Redakteure und Programmverantwortlichen in der ständigen Angst lebten, die Fernsehnation würde wegschalten, sobald die weibliche Hauptdarstellerin unbekannt und über vierzig sei. Mit Müh und Not habe er Heike Makatsch als Heide Simonis verhindern können und sich dabei gegen alle Quoten-Unken durchgesetzt. Doch kaum sei die Altersdiskussion vom Tisch gewesen, habe die Ähnlichkeitsdiskussion begonnen. Ein Wahnsinn! Gerade hätten sein Produzent und die Sender akzeptiert, dass seine Hauptdarstellerin vergleichsweise alt und unbekannt sein müsse, um die späte Simonis zu spielen, da habe es plötzlich geheißen, sie sehe der frühen Simonis nicht ähnlich genug, woraufhin Heike Makatsch schlagartig wieder auf dem Tisch gewesen sei. Was habe er dagegen anreden müssen, mit Engelszungen! Er liebe Heike Makatsch, ungelogen, er bewundere sie als Frau, Mensch, Künstlerin et cetera und würde jederzeit mit ihr drehen, nur eben nicht als Heide Simonis, selbst dann nicht, wenn sich herausstellen sollte, dass sie und die frühe Heide sich nicht nur wie aus dem Gesicht geschnitten ähnlich sähen, sondern eineiige und bei der Geburt getrennte Zwillinge seien. Denn Ähnlichkeit – und das dürfe jetzt auf keinen Fall herausgeschnitten oder gestrichen werden! –, Ähnlichkeit auf der Leinwand sei kein biologisches Kriterium, sondern ein psychologisches, eine Frage der geistigen Verwandtschaft. Deswegen habe er sich gar nicht erst auf einen Heide-Simonis-Ähnlichkeitswettbewerb eingelassen, schließlich gehe es bei diesem Film nicht darum, Heide Simonis zu doubeln, sondern zu spielen. Und die unglaubliche Verwandlung, die seine Hauptdarstellerin in dieser Rolle durchlaufen habe, gebe ihm auf ganzer Linie recht: Nicht weil sie ihr ähnlich sehe, würde sie Heide Simonis spielen, sondern weil sie Heide Simonis spiele, sehe sie ihr ähnlich. Und wie!

Ich schaue den Kritiker an, in Erwartung eines nächsten »Hms«. Doch er kontrolliert mit kritischem Blick und Brummgeräusch sein Aufnahmegerät, ob dieses Wunderwerk der Technik all das, was er nicht herausschneiden oder streichen soll, überhaupt aufgezeichnet hat.

Schon bei den Probeaufnahmen, so der Regisseur weiter, habe sich herausgestellt, dass sie prädestiniert sei für diese Figur, dass die Geschichte ihres Scheiterns und Verschwindens in Heide ihre Entsprechung, ihre Vergrößerung erfahren würde. Heide Simonis sei die Rolle ihres Lebens, der unfassbare Glücksfall einer Besetzung, in der sich die Möglichkeiten einer Schauspielerin und die Möglichkeiten der Figur so treffen würden, dass etwas Drittes entstehe, das schöner, besser und wahrer sei als die Wirklichkeit. Und das sei die Ähnlichkeit gewesen, die ihm bei dieser Besetzung vorgeschwebt habe: Ähnlichkeit nicht als Kopie, sondern als Original. Dieses Wunder – und wehe, das würde herausgeschnitten oder gestrichen! –, diese Magie und Alchimie des Spiels habe sich von der ersten Klappe an eingestellt. Und gegen Ende der Dreharbeiten sei es so gewesen, dass seine Hauptdarstellerin weder Kostüm noch Maske gebraucht habe, um Heide Simonis nicht nur ähnlich zu sehen, sondern Heide Simonis zu sein. Sie sei als Heide zum Set gekommen und nach getaner Arbeit als Simonis wieder gegangen, von Kopf bis Hut, vom Scheitel bis zum Schuh. So etwas habe er noch nie erlebt. Diese Frau habe ihren Text nicht einfach nur wie eine gute Schauspielerin gekonnt, gefühlt und gedacht. Die Sätze hätten ihr so sehr gehört, dass er und das Skriptgirl ständig am Blättern gewesen seien, um nachzusehen, ob sie auch wirklich im Buch stünden, so authentisch, so unmittelbar seien sie aus ihr und von ihr gekommen. Und das höre gar nicht mehr auf! Wochen, Monate nach Drehschluss gehe das immer so weiter, bis zum heutigen Tag. Und wir alle würden es auf dieser Promotour noch erleben, sobald wir in Kiel ankämen, falls wir jemals dort ankommen würden: Wenn diese Frau, diese Schauspielerin, diese Verschmelzung von Mensch und Figur in der Landeshauptstadt, in »ihrem« Kiel aus dem Zug steige und über die Straße gehe, dann werde sie von den Leuten nicht nur als Heide Simonis erkannt, sondern auch anerkannt, voll und ganz. Sie sei in dieser Rolle das geworden, was Heide Simonis tragischerweise im Leben versagt geblieben sei, eine echte Identifikationsfigur, die Heide aller, die Simonis der Herzen!

Und was sage Heide Simonis dazu?, fragt der Kritiker, von seinem Gerät wieder aufschauend.

Wie bitte? (Der Regisseur ist mit seinen Gedanken woanders, in Kiel vermutlich, beim Einlauf seiner Hauptdarstellerin.)

Die real existierende Heide Simonis, habe er gefragt, was sage sie dazu?

Ach, das Glühwürmchen!

Glühwürmchen?

In Anführungszeichen, sagt der Regisseur (Zweifingergeste oben wie unten). Um nicht durcheinanderzukommen und ständig die eine Simonis mit der anderen zu verwechseln, seien sie teamintern irgendwann dazu übergegangen, von der Sichtbaren und der Unsichtbaren zu reden, eben weil sich die Film-Heide zur Real-Heide verhalte wie das Licht des Glühwürmchens zum Insekt, wie die Lichtgestalt zum Schattentier. Am Ende sei dann der Spitzname Glühwürmchen übrig geblieben im Gegensatz zu – du kommst wie aufs Stichwort, wir reden gerade von dir!

Auf einmal schauen alle zum Eingang der Erste-Klasse-Lounge, und tatsächlich, da steht sie, lächelnd, strahlend, Heide Simonis im Zenit und Mittelpunkt der Aufmerksamkeit, wo sie leuchtet und auflebt. Und für sie ist es gar keine Frage: Was auch immer geredet wurde in ihrer Abwesenheit, hinter ihrem Rücken, es kann nur Gutes gewesen sein.

Aus dem Hintergrund ist ein Klicken zu hören, zweimal, dreimal, dann immer schneller. Der Fotograf, natürlich, ist auch noch da.

Und Heide genießt es. Gerahmt von den Trennwänden links und rechts, von den Deckenstrahlern erhellt, präsentiert sie ihr Mona-Lisa-Lächeln, und das Rattern des Schnellauslösers ist wie eine Art Beifall. Sie ist die Gewählte, vom Publikum wiedergewählt, zu guter Letzt.

Die Gespräche verstummen. Selbst der Kritiker schweigt. Es ist, als hätten alle nur auf sie gewartet. Und sie lässt noch ein, zwei Pulsschläge der Erwartung verstreichen, drei. Dann spitzt sie die Lippen und sagt, ganz burschikos, ganz heidetypisch: »Jungs, wir müssen los. Der Zug kommt in fünf Minuten.«

Und es gibt keinen Protest. Alle tun, was sie sagt. Der Knittrige und der Bügelfreie erheben sich prompt und mit ihnen viele andere Fahrgäste, Geschäftsleute, ich. Die Mehrheit der Lounge setzt sich in Bewegung und folgt ihr durch den Zweite-Klasse-Komfort-Bereich hinaus in den Bahnhof, der Fotograf hinterdrein, klick-klick, klick-klick-klick. Und ich höre den Kritiker noch sagen, dass er das Gespräch natürlich schon ein bisschen kürzen müsse für die Printversion. Aber er würde gleich nach Erscheinen den O-Ton ins Netz stellen und den Link mit abdrucken. Woraufhin der Regisseur im Weitergehen sagt, super, dann würden sie es gleich verlinken mit ihrer Homepage heide minus simonis minus der film Punkt de.

Jetzt wäre der Moment für einen Handschlag, einen kollegialen Schulterschluss. Doch der Bügelfreie kann kaum Schritt halten, während er sein Aufnahmegerät noch einmal hervorkramt, testet – »Hallo, hallo?« –, und dann dem Knittrigen hinterherruft, apropos, die letzte Frage hätte er gar nicht beantwortet, wie sei denn jetzt die Reaktion der Betroffenen …

Und wir sind schon auf der Rolltreppe zum Abfahrtsgleis im Untergeschoss, als der Regisseur sich umdreht und sich direkt vor das Mikrofon stellt wie ein Sprecher, Pressesprecher, ganz offiziell: Betroffen sei von einer solchen Tragödie selbstverständlich jeder, denn darauf gebe es nur eine adäquate Reaktion – Furcht und Mitleid (mit Betonung auf Mitleid), Mitgefühl, Empathie. Und das sei das Neue am Fall Simonis, dass ab sofort niemand mehr über sie lache: Alle, die am Set dabei gewesen seien, hätten geweint, hinter den Kameras, an den Monitoren, im Schneideraum, die Cutterin, die Continuity-Leute, wirklich alle. Sogar der erste bis dritte Fahrer, Männer, die nicht einmal eine Träne verdrücken würden, wenn sie beim Türenzuschlagen einen Finger verlieren.

Und was sei mit Glühwürmchen – Glühwürmchen in Anführungsstrichen (Geste in Kopie) –, fragt der Kritiker ein allerletztes Mal. Habe Heide Simonis auch Mitleid oder Mitgefühl gehabt mit sich beziehungsweise ihrer Hauptdarstellerin? Oder sei sie bei der Abnahme des Films gar nicht dabei gewesen …?

Doch, doch, nickt der Knittrige, während auf dem Gleis der ICE nach Kiel über Hamburg bereits einfährt, sie habe dem Fall Simonis wie der Rest des Publikums mit Tränen in den

Augen zugeschaut. Nur in dem Applaus und Jubel danach habe sie aus unerfindlichen Gründen kein Mensch mehr gesehen.

***

KRANK! (AM BETT VON KL)

Mit meinem Bild von einem Krankenhaus hat diese Promi-Klinik nichts gemeinsam. Kaum zu glauben, dass es das wirklich gibt, so ein Wartezimmer, das sich gar nicht anfühlt wie ein Wartezimmer, sondern wie die Lobby eines Nobelhotels, zweier Nobelhotels, die sich zusammengetan haben, um eine Superlobby zu erschaffen: eine luftige, lichtdurchflutete Glas- und Stahlkonstruktion, in der die Möbel schweben – viele sind es ohnehin nicht. Und dieser Blick! Man weiß gar nicht, worüber man mehr staunen soll, über so viel fugenfreies, unverstrebtes Glas oder über die Aussicht. So entrückt und unwirklich liegt einem hier die Welt zu Füßen.

Doch es sind meine Füße. Ich bin wirklich hier mit dieser Krankenschwester oder Empfangsdame, die gar nicht aussieht wie eine Krankenschwester (oder Empfangsdame), sondern wie die First-Class-Stewardess eines Gleitflugs über Hamburg und Umgebung, über die Stadtlandschaft, die Wasserlandschaft, die Deichlandschaft und weiter zu einer vagen, wunderbaren Ahnung von Elbmündung und Meer. Während ich den Blick schweifen lasse, bringt sie mir das Mineralwasser, das ich nur bestellt habe, um sie mit meiner Wunschlosigkeit nicht zu frustrieren. Einen Moment lang lassen wir die Blicke schweifen, dann schenkt sie mir ein, als hätte ich nicht selbst die Kraft, einen Verschluss aufzuschrauben. Anscheinend will sie mir mit aller Macht beweisen, wie schön es wäre, ihr Patient zu sein.

Wenn ich sonst noch irgendetwas für Sie tun kann ..., sagt sie lächelnd und ich lächle dankbar zurück. Wie einvernehmlich wir Liebenswürdigkeiten austauschen, obwohl wir beide wissen, dass ich unter normalen Umständen für sie unsichtbar wäre, Luft in ihren hanseatisch kühlen Stewardessen-Augen. Unter normalen Umständen gehöre ich zur Economy-Klasse des Lebens, was nicht heißt, dass ich weniger Beachtung verdiene, sondern gar keine. Das ist der Sinn von Exklusivität. Der einzige Grund, warum ich hier und heute für sie auf der Welt bin, ist KL. Ich bin sein Besuch, und sie weiß das. Ich stehe auf der Liste.

Es hat die ganzen letzten Tage praktisch durchgeregnet und die Nächte sowieso, Hamburger Wetter. Klarer wurde es erst heute Morgen, sonst hätten wir nicht diese Fernsicht. – »Wir«, sagt sie, und dieses allgemeine, ganz Hamburg einschließende »Wir« wird immer mehr zu einem »du und ich«, je länger sie hier stehen bleibt und mit mir in den Himmel schaut. Es ist mir beinahe unangenehm, wie sehr sie meine Existenz vortäuscht, obwohl es mir natürlich schmeichelt.

Sie haben wirklich Glück! Wenn es klar bleibt – und das soll es heute –, dann ist Hamburg eine der schönsten Städte der Welt. Allerdings darf man den Wettervorhersagen hier nicht trauen, sagt sie und lacht ziemlich glaubwürdig. So kühl, wie sie ist, wirkt sie gar nicht.

Ich könnte jetzt darauf eingehen und aus einem von KLs zahlreichen Interviews zitieren, in denen er, auf seine Heimatstadt angesprochen, sinngemäß so etwas sagt wie: »Hamburg – Tor zur Welt? Sicher, aber man muss auch hindurchgehen.« Es wäre genau das, was sie hören will. Doch ich schweige standhaft und versuche, dem warmen Anfluten ihrer Beachtung nicht nachzugeben, ihrer samtigen Neugier.

War ihr Flugzeug denn pünktlich? Gab's nicht irgendwo Streik?

Ich bin mit dem Zug, antworte ich sachlich. Es kommt mir vor wie der erste wahre Satz, seit ich hier bin, zumindest der erste, der nach mir klingt.

Haben Sie Flugangst?

Bahncard, sage ich.

Ihr Lächeln bröckelt etwas. Wenn die Aussicht nicht wäre, wüssten wir jetzt beide nicht, wo hinsehen. Es vergeht ein Moment, bis sie weiterfragt.

Dann wohnen Sie gar nicht in Paris?

Bei meinem Französisch würde ich dort verhungern, winke ich ab.

Die Krankenschwester sieht mich an, mehr irritiert als erheitert.

Also gut, sage ich, ganz ehrlich: Er und ich, wir kennen uns nicht so gut, wie Sie vielleicht annehmen. Ich bin selbst aus allen Wolken gefallen, als Bertrand mich anrief, dass ich kommen soll.

Bertrand?, fragt sie verwundert.

Sein Assistent. Er heißt nicht Bertrand, aber wir nennen ihn Bertrand, das ist so ein Privatwitz zwischen uns.

Ein Privatwitz, aber Sie kennen sich nicht so gut …?

Es ist unser einziger Privatwitz, und er ist nicht besonders lustig.

Und warum stehen Sie dann auf der Liste?, fragt sie und mustert mich genau. Ihre Aufmerksamkeit hat alles Schmeichelhafte verloren und versprüht auf einmal den Charme eines Securitychecks.

Hören Sie, sage ich und hole tief Luft, ich wurde angerufen

und gebeten, hierher in die Klinik zu kommen, weil er mich sprechen will, »dringend«! Das ist alles, was ich weiß.

Bedaure, sagt sie, ohne es zu meinen, *aber ich muss mich nach dem Zweck Ihres Besuchs erkundigen. Das haben Sie auf dem Empfangsbogen nicht ausgefüllt. Also: privat oder geschäftlich?*

Wie geht es ihm denn?, frage ich zurück.

Dazu darf ich mich nicht äußern. Ihr Lächeln hat den Aggregatzustand gewechselt und ist eingefroren.

Ist es so schlimm?

Kein Kommentar.

Aber »kein Kommentar« ist ein Kommentar. Also schlimm!

Sie stehen ihm sehr nahe? Halb fragt sie, halb bezweifelt sie es. Ihr Gesicht bleibt maskenhaft unbewegt.

Nein, sage ich so ruhig wie möglich, wir stehen uns nicht nahe. Aber es geht mir nahe, dass er ins Krankenhaus eingeliefert werden musste. Irgendwie hätte ich nicht gedacht, dass er ernsthaft krank werden kann. Jeder andere, aber nicht KL!

Er ist auch nur ein Mensch …

Finden Sie?

Aber natürlich!

Natürlich, vielleicht. Aber er ist ja auch künstlich, sogar größtenteils, eine Kunstfigur, eine Ikone. Und Bilder werden nicht krank.

Es bleibt trotzdem der Mensch hinter dem Bild.

Sofern der Mensch hinter dem Bild nicht erfundener ist als das Kunstwerk, das er aus sich gemacht hat …

Erfundener?

Oder frei erfunden, ganz und gar. In Wirklichkeit und am wirklichsten existiert er doch als sein Produkt, als KL, die

Marke, während seine Biografie bloß eine Art Making-of ist aus dem Reich der Legenden, genauso wie sein Privatleben nicht stattfindet außer als Gerücht.

Sie halten sein Privatleben für ein Gerücht?

Das sagt er selbst, das habe ich sogar als O-Ton!

Dann ist es geschäftlich, Ihr Anliegen …

Ich habe kein Anliegen, wie oft soll ich das noch sagen? Ich wurde herbestellt!

Also sind Sie privat hier. Aus privaten Gründen.

Nein, ich – bitte, können wir das vielleicht auf hinterher verschieben? Wenn ich bei ihm gewesen bin, sage ich es Ihnen, versprochen, dann weiß ich auch, was er gewollt hat, ob es um ein paar Korrekturen am Text ging oder ob er mich noch einmal sehen wollte, falls – Sie wissen schon –, falls es ihm wirklich nicht gut geht …

Blinzelnd schaue ich sie an, um zu sehen, wie sie reagiert. Doch sie verzieht keine Miene, sondern behält auf perfekt nichtssagende Weise denselben Gesichtsausdruck bei. Hinter ihrer Freundlichkeit lassen sich Todesnachrichten verstecken.

Sie sind Journalist?

Nein, nein, Gott bewahre! Ich mache das nicht für Geld.

Ihnen ist klar, dass Sie über Ihren Besuch hier nicht schreiben dürfen, sagt sie scharf.

Wieso?, frage ich und blinzle ein paarmal zu viel.

Unser oberster Grundsatz ist Diskretion. Nichts über unsere Patienten oder die Klinik darf an die Öffentlichkeit. Jede Zuwiderhandlung wird gerichtlich verfolgt.

Muss ich das unterschreiben?

Sie haben es bereits unterschrieben, als Sie sich für den Besuch eingetragen haben. Es ist Teil unserer Allgemeinen Geschäftsbe-

dingungen sowie der Hausordnung im Anhang zu unserem Empfangsformular.

Und was, wenn der Patient es ausdrücklich wünscht?

Dann müssen Sie mit der Geschäftsführung sprechen.

Ort und Umstände würde ich selbstverständlich ändern und nur ganz allgemein von »Klinik« oder »Krankenhaus« sprechen, ohne jegliche Details und Namensnennung.

Dazu kann ich nichts sagen.

Unser Gespräch würde ich ebenfalls so verfremden, dass Sie kein Wort davon wiedererkennen und sich selbst auch nicht, »jede Ähnlichkeit mit lebenden oder toten Personen ist rein zufällig« und so weiter, vertrauen Sie mir!

Ich muss Sie wirklich bitten –

Oder ich verfremde Sie nicht, wenn Ihnen das lieber ist, sondern erfinde Sie ganz und gar, genau wie Bertrand …

Ich bin nicht berechtigt –

Oder, noch besser, ich nenne Sie »Bertrand« und gebe ihm Ihren Text. So kurz vor Schluss sollte man sowieso keine neue Figur mehr einführen. Am besten mache ich Bertrand und Sie zu ein und derselben Person. Er empfängt mich hier in der Klinik, ein bekanntes Gesicht – *»Bonjour, ça va?«* –, ein Wiedersehen unter veränderten Vorzeichen in einer für ihn als Assistenten heiklen Situation, weil der Meister schwer krank ist, und Sie wären raus …

Ich – ich muss zurück an meinen Platz.

Entschuldigung, ich wollte Ihnen damit nicht zu nahe treten, aber wenn Sie unbedingt einen Besuchszweck angeben müssen, dann lieber »geschäftlich«, rufe ich Bertrand nach, der immer weiter zurückweicht, wie ein Steward bei gefährlichen Turbulenzen.

»Geschäftlich« ist heutzutage ja gewissermaßen alles, da können Sie nichts falsch machen, auch für den sehr wahrscheinlichen Fall, dass bei diesem Klinikbesuch kein druckreifes Gespräch herauskommt, geschweige denn so etwas wie »KLs letzte Worte« …

Comment?

Bertrand bleibt abrupt stehen. Von seiner selbstsicheren Pose und dem Flugbegleiterlächeln ist nicht viel geblieben.

Doch sollte tatsächlich ein Text entstehen, beruhige ich ihn, bekommen Sie ihn zur Autorisierung, und falls Sie unsicher sind, warten Sie einfach, bis es KL besser geht, und holen dann sein Okay ein. Es geht ihm doch bald wieder besser, oder nicht?

Bertrand zögert, noch immer unschlüssig, was er sagen kann, soll, darf. Er tut sich schwer in seiner neuen Rolle, alleingelassen mit so vielen Entscheidungen, so viel Verantwortung. KL geht es anscheinend gar nicht gut. Zusehends überkommt mich die kleinliche, peinliche Sorge, er könnte sterben, ohne ein letztes Gespräch mit mir, ohne unser Interview zu autorisieren und ehe unser Buch erscheint, falls es überhaupt erscheinen darf, posthum. Und gleichzeitig schäme ich mich für so viel Egoismus angesichts eines offenbar Schwerkranken, der zwischen Schläuchen und Maschinen ganz unbildlich um sein Leben kämpft.

Je dois vous demander de faire preuve de patience, findet Bertrand die Sprache wieder und fährt mit seinem aero-französischen Säuselakzent fort, *vor allem aber halten Sie sich an die Zeit: Fassen Sie sich kurz und beanspruchen Sie ihn keinesfalls plus d'un quart d'heure!*

Eine Viertelstunde? Es war doch immer eine halbe!

Nach der alten Rechnung. Inzwischen ist seine Zeit plus cher!

Geht es … geht es ihm wirklich so schlecht?

Ich habe Ihnen schon gesagt, dass ich dazu nichts sagen kann. Selbst wenn die Klinik es erlauben würde, c'est son vœu.

Aber wenn Sie aus einer halben plötzlich eine Viertelstunde machen, kann das nur heißen, dass sich seine Lebenszeit halbiert hat!

Sans commentaire.

Da gibt es auch nichts zu kommentieren, das ist reine Mathematik: eine Verringerung seiner Lebenserwartung um fünfzig Prozent!

Wir reden von Ihrer Gesprächszeit.

Nein, nein, von seiner! Er wollte mich sprechen, *»dringend«* – Ihre Worte! Und jetzt tun Sie so, als würde ich etwas von ihm wollen. Dabei dachte ich, KL sei unsterblich in Paris, bis Sie mir mitgeteilt haben, dass er krank ist in Hamburg. Aber gut, wenn er mich braucht, denke ich, setze mich in den Zug und fahre sofort hierher, auf Zuruf sozusagen – und jetzt hat er gar keine Zeit?

Quinze minutes au maximum. Das Gespräch ist aber jederzeit unverzüglich beendet, quand il se lève, sagt er so streng wie eine französische Gouvernante. Ich schlucke.

Nein, also wirklich, fünfzehn Minuten sind schon nichts, und wenn es jetzt noch kürzer wird –

Sie kennen das Spiel.

Aber dann hätte er mir auch eine SMS schicken können!

Un quart d'heure kommt Ihnen vielleicht kurz vor, für ihn ist es longue, très longue, wiederholt Bertrand, fast ein bisschen gelangweilt. *Und wenn ihn das Gespräch nicht mehr interessiert, c'est fini.*

Na gut, gebe ich nach, immerhin spricht er ja sehr schnell, *»très vite«*, nicht wahr? Er redet in einer Viertelstunde mehr als andere an einem ganzen Tag …

Doch Bertrand stimmt mir nicht zu, sondern fixiert mich mit seinen für einen Franzosen viel zu blauen Augen und sagt dann ganz langsam: *Er spricht nicht mehr vite.*

Was?, frage ich.

Er spricht très lentement, sagt Bertrand ebenfalls langsam. Dann macht er auf dem Absatz kehrt (er hat Absätze, fällt mir auf) und verschwindet in Richtung Empfang. Ich sehe ihm nach, sprachlos, fassungslos. Kein Satz aus seinem Mund hätte mich mehr erschüttern können.

Eine Weile starre ich hinaus in den Himmel über Hamburg. Bertrand hatte recht, der Wettervorhersage kann man nicht trauen. Es bezieht sich, keine Wolken, sondern ein Dunst, ein feiner, unerfindlicher Nebel, der von nirgendwoher kommt. Ich muss mich wirklich hüten, überall Zeichen zu sehen. Doch der Gedanke geht mir nicht aus dem Kopf, dass KL, wenn er langsamer spricht, irgendwann ganz aufhören könnte zu sprechen. Und dieser einfache Gedanke erscheint mir gleichzeitig so neu, so unerhört, dass ich ihn kaum denken kann.

Mein Gott. Ich dachte, ich schreibe ein Buch über Unsterblichkeit, dabei ging es die ganze Zeit um den Tod: um die Geschichte eines Mannes, der nur noch in der Nacht vor die Tür kann, um die Geschichte eines Sohnes, der immer durchkommt und keine Angst kennt, bis er am Grab seiner Mutter steht. Es ging von Anfang an um das Ende, und im Grunde wusste ich das. Aber ich habe nicht daran geglaubt. Ich wollte nicht daran glauben. Stattdessen habe ich mir eingeredet, KL könnte eine Ausnahme sein von der Regel und verschont bleiben, der Nachtwandler und Muttersohn, Modemacher und Entfernungskünstler, der eine solche Unnahbarkeit erreicht hat im Leben, dass er sich auch dem Tod entzieht. Ich habe wirklich geglaubt, er kann nicht sterben. Dabei hatte er ihn schon gesagt, seinen ersten und letzten Satz: »Ich verzichte.«

Auf einmal steht KL im Raum. Er steht da, wo Bertrand gestanden hat, eben noch oder vor langer Zeit.

Ich springe von meinem Platz auf, überrascht und erschrocken, mehr erschrocken als überrascht. Ich hatte damit gerechnet, in sein Zimmer geführt zu werden, an sein Krankenbett, Sterbebett. Jetzt steht er vor mir, kein Rollstuhl, kein Tropf, nicht einmal eine Krücke. Er wirkt so unversehrt, so kühl und makellos wie immer, nur sterblich irgendwie. Sehr sterblich auf einmal.

Sie wollten mich sprechen, höre ich mich sagen. Ich bin selber erstaunt, woher der Satz kommt. Doch KL antwortet nicht, sondern tritt vor, ein paar Schritte, und stellt sich an die Fensterfront, als hätte er mich nicht gehört.

Wollten Sie mich nicht sprechen?, frage ich noch einmal. Er sieht nicht zu mir. Vielleicht ist er taub oder hört im Moment schlecht. KL steht wie ein Denkmal vor dem verblassenden Himmel, dem Stadt-Land-Fluss-Panorama, noch immer Erscheinung genug, um die Aufmerksamkeit auf sich zu ziehen. Da, wo er ist, ist die Mitte des Raumes, nach wie vor, nur ist es ein anderer Raum geworden, einer des Schweigens, der Stille.

Wie …, springe ich weiter zur nächsten Frage, wie geht es Ihnen? (Ich versuche, möglichst munter zu klingen, finde mich aber nur laut.)

KL steht einfach da, mit dem Rücken zu mir, seinem sehr geraden Rücken, und verwandelt die Aussicht in eine Fototapete, sonst geschieht nichts. Der Mut, eine weitere Frage zu stellen, verlässt mich. In seinem Atelier in Paris oder am Telefon in der Nacht hätten wir jetzt schon über Gott und die Welt geredet – oder vielleicht nicht über Gott, aber über die Welt und seine Mutter.

Setzen Sie sich, sagt er wie nach reiflicher Überlegung. Seine Stimme klingt seltsam belegt. *Hatten Sie einen angenehmen Flug?*

Ja, sage ich. Ich bringe es nicht über mich, ihn daran zu erinnern, dass ich immer mit der Bahn fahre und er mein Ticket bezahlt hat, falls er noch weiß, wer ich bin.

Frau und Kinder wohlauf? Sie hatten doch Kinder …

Ja, danke. Danke der Nachfrage.

Sie stehen ja noch immer. Er spricht wirklich sehr langsam.

Ich wollte nicht unhöflich sein. Ich dachte nur … (Wie sage ich ihm am besten, dass er sich schonen soll, seine Kräfte?) Bitte, nach Ihnen!

Seine Rückenansicht verrät keine Regung, nicht mal ein Zeichen der Ablehnung. Offenbar hört er wirklich schlecht.

Entschuldigung, aber wollen Sie sich nicht auch setzen?, erhebe ich noch einmal die Stimme.

Ich stehe lieber.

Ganz wie Sie meinen, lenke ich ein und nehme Platz in dem Gefühl, versagt zu haben. Ich kann nur hoffen, dass er in den nächsten fünfzehn, vierzehn Minuten nicht vor meinen Augen zusammenbricht. Auf einmal bin ich froh, dass es nicht mehr sind. Ich fühle mich für ihn verantwortlich, auch das ist neu.

Jedenfalls freue ich mich, Sie so in Form zu sehen, sage ich laut und gegen mein Empfinden. Am Telefon klang das ganz anders!

Wieso, wie klang ich denn am Telefon?

Nicht Sie, sondern Bertrand.

Bertrand?

Ihr Assistent beziehungsweise die Krankenschwester.

Sie heißen beide Bertrand?

Ein Pseudonym.

Und was hat sie gesagt?

Er … er sagte, Sie wollten mich sprechen. Es klang wie ein Notfall.

Ein Notfall?

Dringend, hat er gesagt.

Nicht alles, was dringend ist, ist ein Notfall.

Er sagte, Sie lägen im Krankenhaus.

Aber ich liege nicht, wie Sie sehen, ich stehe. Hat er Ihnen das nicht gesagt?

Ich – ich habe mir Sorgen gemacht.

Was?

Ich habe mir Sorgen gemacht, wiederhole ich noch lauter.

Das sagten Sie bereits, aber was für welche? – Und wenn Sie bitte nicht so brüllen würden, ich habe ein empfindliches Gehör.

Oh, Entschuldigung, sage ich und spreche leiser weiter, aber genau das ist ja das Problem. Bertrand hat mir am Telefon nichts gesagt, ich kann nur raten, was Sie wirklich haben.

Ich habe nichts.

Sie wollen es mir nicht sagen?

Es geht mir gut.

Und warum, wenn ich fragen darf, sind Sie dann hier in der Klinik?

Es ist keine Klinik, sondern ein Hotel.

Ein Hotel?

Wie die Lobby eines Hotels, finden Sie nicht? Und Sie sollten erst mal die Zimmer sehen!

Dann sind Sie öfter hier?

Ich bin nicht oft in Hamburg, aber wenn, dann bin ich hier. Ich kann in Hamburg nicht in ein normales Hotel gehen. Nicht, wenn ich meine Ruhe haben will.

Das … das war mir nicht klar.

Ja, das sind die Schattenseiten des Ruhms als prominentester Sohn der Stadt. Diese Klinik ist mein einziger Rückzugsort.

(Äußerste Diskretion, ärztliche Schweigepflicht, die Liste … so langsam verstehe ich den seltsamen Empfang!) Das heißt, Sie quartieren sich hier ein, um dem Rummel um Ihre Person zu entfliehen –

Können wir jetzt zur Sache kommen?

Selbstverständlich. Nur noch eine Frage: Warum, wenn Sie nur der Ruhe und Entspannung wegen hier sind –

»Entspannung« habe ich nicht gesagt. Ich entspanne nie. –

Warum, Verzeihung, wenn Sie der Ruhe wegen hier sind, ist Ihre Zeit so knapp, sogar noch knapper?

Warum wir nur eine Viertelstunde haben, keine halbe?

Ja, unter den gegebenen Umständen, sage ich in aller Vorsicht, könnte man meinen, Ihr Leben hätte sich verkürzt …

Das folgt nicht daraus. Ein verringertes Zeitangebot bedeutet vor allem eine gestiegene Nachfrage. Die Tage sind noch voller geworden, das Tempo noch höher.

Ist das so?, frage ich. (Ich wage nicht zu fragen, warum er dann langsamer spricht, häufiger schweigt und größere Lücken lässt, so wie jetzt vor seiner Antwort.)

Dieses Hotel, müssen Sie wissen, hat eine seltsame Wirkung auf mich. Wie jeder fantasievolle Mensch bin ich leicht hypo-

chondrisch, meine Mutter würde sagen, ich hätte alle Krankheiten außer der Hypochondrie – der Spruch ist nicht neu, aber sie ist ja auch schon länger tot. Und sie hat recht. Wenn ich hier bin, wo alle außer mir Patienten sind, regt mich das an. Die Möglichkeit einer Krankheit, das Gefühl, von etwas angeflogen zu werden, setzt bei mir unglaubliche Kräfte frei, Abwehrkräfte, Schöpferkräfte, eine Art Bettflucht in die Kreativität! So als ginge es darum, vor Ausbruch der Krankheit noch etwas Letztes, Bleibendes zu schaffen.

Daher die andere Zeitrechnung?

Ich habe, seit ich hier bin, praktisch durchgezeichnet. Und irgendwann im Zeichenrausch beginnt eine andere Zeit, eine nicht messbare, schwer zu kontrollierende. Die Timeline wird elastisch, dehnt sich, wellt sich, bildet Schleifen und kleine Löcher. Sehen Sie es mir also nach, wenn ich bisweilen ein wenig abschweife, ich bin im Moment nicht ganz synchron.

Und Sie sind sicher, dass es Ihnen gut geht?

Den Zustand kenne ich schon über ein halbes Jahrhundert, gibt sich KL betont gelassen, *nur manchmal stören die Augentierchen.*

Augentierchen?

So kleine Wirbel und wandernde schwarze Punkte im Blickfeld, wie Einzeller unter einem Mikroskop mit wimmelnden Bewegungen. Da, sehen Sie, schräg über Ihnen, zieht gerade wieder ein Schwarm vorbei und wackelt vielbeinig durch den Luftpudding …

Sie haben seit unserem Telefonat so gut wie gar nicht geschlafen und wundern sich über Sehstörungen? – Ich starre KL an, seine in diesem Licht vollkommen blickdichte Brille.

Wie lange ich nicht geschlafen habe, müssen Sie Bertrand fra-

gen. Der Teil meines Kalenders, der hinter mir liegt, interessiert mich nicht.

Er reckt das Kinn herrisch über den steifen Vatermörderkragen. Sein Mund nimmt wieder den in Linien vorgeprägten zartbitteren Ausdruck an, erhaben-aristokratisch und ein bisschen angewidert von der Vulgarität der Welt. Fast könnte man meinen, KL sei wieder ganz der Alte, Alterslose. Doch ich traue dem Bild nicht, diesem Selbstporträt in Feldherrenpose vor einem verhangenen Hamburger Himmel. Irgendetwas stimmt hier nicht, mit ihm, mit der Klinik, mit allem.

Und sonst haben Sie keine Beschwerden, hake ich behutsam nach, nichts außer zu wenig Schlaf und diesen – wie hießen sie – Augentierchen?

Nein, nein. Wenn ich von Krankheiten rede, bitte, glauben Sie mir nicht. Ich muss das aufgeschnappt haben, in einer Klinik schnappt man ja immer irgendwas auf, und – voilà! – bilde ich mir ein, ich hätte »Augentierchen«, pfff! Meine Fantasie ist dermaßen lebhaft, dass ich sie sofort vor mir sehe, diese Biester – dabei sind meine Augen nicht schlechter als vor vierzig Jahren. Leider auch nicht besser …

KL rückt seine Brille zurecht, eine Geste der Unsicherheit, wie mir scheint. Als er noch nicht in der Klinik war, hätte er das nie getan. Ich schaue ihn an, einen Moment länger als jemanden, dem man glaubt. – Haben Sie sich wenigstens durchchecken lassen, wenn Sie schon mal hier sind?

Das Entscheidende wird man so nicht herausfinden. Ärzte definieren einen Menschen durch seine Grenzen und Gesetzmäßigkeiten, ich durch deren Überschreitung.

Sie sollten trotzdem ein bisschen mehr auf sich achtgeben. Und vor allem mehr schlafen!

Andere leben über ihre Verhältnisse, ich arbeite über meine Verhältnisse. Es ist die einzig realistische Beschreibung dessen, was ich tue. Leiste ich etwas? Nichts medizinisch Messbares. Produziere ich etwas? Das schon, aber worin besteht sein Wert? Daran, dass es nicht jeder kann? Das gilt für Kunststücke. Ein Kunstwerk wird es erst dadurch, dass auch ich es nicht kann. Ein Werk muss glücken. Es muss etwas hinzukommen, was jenseits meiner Fähigkeiten liegt, worüber ich nicht verfüge. Nur das ist gut, was man sich selbst niemals zugetraut hätte, was die eigenen Grenzen und Möglichkeiten übersteigt. Alles andere ist für den Papierkorb.

Solange Ihr Körper das mitmacht ..., will ich gerade erwidern, da zuckt KL plötzlich, zuckt zusammen und fasst sich mit der Hand an die Brust. Er wirkt sehr blass auf einmal, bleich, totenbleich.

Alles in Ordnung?, frage ich alarmiert und springe auf. Kann ich Ihnen helfen?

KL sagt nichts, steht da, Hand auf der Herzseite, wie vom Schlag getroffen, und ich kann nur beten, dass das eine Metapher ist. Mein schlimmster Verdacht scheint sich zu bestätigen. Offenbar simuliert KL bloß, er simuliert seine Gesundheit und macht sich vor, er sei hier zu Besuch. Dabei ist er der berühmteste Patient des Hauses, ein Schwerkranker, der sich einbildet, ein Hypochonder zu sein!

Ich trete zwei, drei Schritte näher. Seine Atmung ist flach, unregelmäßig, die Hand überm Revers verkrampft, eine Kralle in eleganten Handschuhen. Wenn er jetzt umsinkt, muss ich ihn auffangen, wenn er jetzt aufhört, Luft zu holen, erste Hilfe leisten. Kommen Sie, sage ich sanft und biete ihm meinen Arm an.

Wenn Sie wüssten, wie schwer es für mich ist, im Moment nicht zu zeichnen. Es ist so viel los hier drin, flüstert er und umkreist seine Stirn mit der Zeichenhand, *so viele Ideen, Bilder, und es hört nicht auf, alles jagt sich, überstürzt sich …* Er schwankt ein bisschen, hält sich aber.

Kommen Sie, beschwöre ich ihn, ich begleite Sie auf die Station.

Nein, nein, ich muss zeichnen, keucht er.

Wenn Sie zeichnen wollen, nur zu, aber setzen Sie sich, schonen Sie sich, rede ich ihm zu. KL scheint mich einmal mehr nicht zu hören, tastet erneut seine Herzgegend ab und zieht ein kleines schwarzes Skizzenbuch aus der Brusttasche.

Nur eine kurze grafische Notiz … Mit zittrigen Fingern schlägt er eine Seite auf und fängt fieberhaft an zu zeichnen, blättert zur nächsten Seite und zeichnet ebenso fieberhaft weiter. Natürlich setzt und schont er sich nicht, aber vielleicht ist es das, was ihn aufrecht hält. Gleichzeitig denke ich, wie wahr und gar nicht witzig der Spruch seiner Mutter ist, er habe alle Krankheiten außer der Hypochondrie. Sehr wahr.

KL scheint einen regelrechten Kreativitätsschub zu erleben. Seite für Seite füllt er mit fliegender Hand. Allmählich verstehe ich, was es heißt, dass seine Zeit »noch voller« geworden ist. Er arbeitet wirklich in rasender Geschwindigkeit, ohne mit seinen Einfällen Schritt halten zu können. Je länger ich ihm zusehe, desto mehr bin ich geneigt, an die Entfesselung all seiner Kräfte durch diese Klinik zu glauben. Fragt sich nur, ob KLs Bettflucht in die Kunst reale medizinische Gründe hat oder eingebildete.

Gleich fertig, sofort, flüstert er atemlos, zeichnet aber unverändert weiter.

Auf der anderen Seite ist es ein großes Privileg, ihm bei der Arbeit zusehen zu dürfen – kein Gott, sondern ein Sterblicher, der ihn anschaut: die Konzentration zwischen seinen Augenbrauen, die vor nagender innerer Anspannung eingezogene Unterlippe.

Darf ich es sehen, Ihr Werk?, erkundige ich mich vorsichtig, wenn – also falls – es fertig ist …

KL schaut auf, wie aus dem Schlaf geschreckt, und klappt das Büchlein zu. *Pardon, wenn ich zeichne, vergesse ich alles.*

Wir sind beim Thema, gewissermaßen. Ich wollte nur wissen, was es wird, was für ein Kunstwerk …, sage ich und deute mit einer Kopfbewegung auf sein Skizzenbuch.

Kunstwerk, das hier? Nein, nur Gekritzel!

Woran arbeiten Sie denn im Moment?

An tausend Dingen gleichzeitig, wie immer. KL macht Anstalten, sein Büchlein wegzustecken, behält es dann aber doch in der Hand wie zur Sicherheit.

Und was sagen die Ärzte dazu, dass Sie so viel arbeiten?

Die Ärzte haben mir nichts zu sagen.

Ich meine ja nur, auch wenn Sie hier bloß Gast sind … (ich mache eine hoffentlich vielsagende Pause), die Ärzte tragen immerhin die medizinische Verantwortung.

Ich trage die künstlerische Verantwortung, und ich kann es weder zulassen noch mir leisten, ins Bett zu gehen und meine besten Ideen zu verschlafen. Wollen Sie wissen, was das Geheimnis künstlerischer Arbeit ist, der wahrste aller Sätze über den Schaffensprozess? Man muss das Eisen schmieden, solange es heiß ist. Ich könnte auch sagen: Was du heute kannst besorgen, das verschiebe nicht auf morgen. Aber »heute« ist ein schwammiger Begriff. Es muss »jetzt« heißen: Lieber jetzt als gleich!

Beinahe trotzig schlägt KL sein Notizbuch wieder auf. So, wie er dasteht, schräg über die Seiten gebeugt, kann ich einige Linien und Umrisse erkennen, die er aufs Papier wirft, doch nur flüchtig. Seine Hand arbeitet schneller als mein Auge.

Wir können unser Gespräch auch gerne auf später verschieben, schlage ich vor, wenn Sie mehr Ruhe haben …

Ruhe? Wenn ich Ruhe haben will, nehme ich mir einen Strick. Der Antrieb eines Künstlers ist wie bei einer guten Uhr immer die Unruhe, sonst bleibt er stehen. Also bitte, stören Sie mich weiter ein bisschen, nicht zu viel und nicht zu wenig, sondern gerade so, dass mir die Ideen kommen, die ich nicht hätte, wenn mir niemand auf den Geist ginge.

Ruckartig blättert er weiter, hält das Büchlein quer und zeichnet über beide Seiten.

Und das geht die ganze Zeit so in dem Tempo, seit Sie in der Klinik sind?, frage ich (ein bisschen soll ich ihm ja auf den Geist gehen).

Nicht erst seit der Klinik. Es fing auf dem Friedhof an.

Auf dem Friedhof?

Genauer gesagt am Grab. Ja, das Grab war der Anfang …

KL spricht von »Grab« so beiläufig wie von einer Bushaltestelle, während er weiterzeichnet.

Jetzt sagen Sie nicht, dass Gräber dieselbe inspirierende Wirkung auf Sie haben wie Krankenhäuser!

Nicht »Gräber«, aber das Grab meiner Mutter.

Sie waren am Grab Ihrer Mutter?

Was sollte ich sonst in Hamburg?

Das heißt, Sie kommen regelmäßig her, um (ich zögere auf der Suche nach einer pietätvollen Formulierung) … um Ihrer Mutter einen Besuch abzustatten?

Nur wenn ich etwas mit ihr zu besprechen habe. Oder in dem Fall mit ihr und Ihnen.

Mit mir?

Ich wollte, dass sie dabei ist, wenn wir über sie telefonieren und ich die Dinge richtigstelle.

In der Nacht, als wir telefoniert haben, waren Sie an ihrem Grab?

Nicht die ganze Zeit am Grab, aber auf dem Friedhof.

Sie haben mich vom Friedhof aus angerufen?

Es ist für mich nicht leicht, einen Ort zu finden, wo ich in Ruhe telefonieren kann …

Ich bin mir nicht sicher, ob KL das wirklich ernst meint. Aber sein Gesicht ist ganz offen und unverstellt bis auf die Brille, während seine Hand weiterfliegt. Fast scheint es, als hätte er in der Unruhe seiner Arbeit so etwas wie Ruhe gefunden. Einen Augenblick lasse ich ihn gewähren und gehe unser Telefonat noch einmal durch. Nach Anzeichen von Friedhof muss ich nicht lange suchen. Schließlich ging es die ganze Zeit um den Tod. Unser Gespräch war von Anfang bis Ende ein Friedhofsspaziergang im Dunkeln.

Hatten Sie denn gar keine Angst?, frage ich. (Mir fällt das greinende Tier wieder ein, sein mechanisches Schluchzen von fernher.) Ich meine, mitten in der Nacht allein auf dem Friedhof bei strömendem Regen …

Ich hatte einen Schirm.

Einen Schirm?, stutze ich. Dann waren Sie doch nicht allein? Oder wollen Sie mir weismachen, Sie hätten den Schirm selbst gehalten …?

Nein, Bertrand. Aber Unsichtbarkeit ist sein Spezialgebiet. Auch das sagt KL ganz nebenbei und blättert ein paar Seiten zurück, um an der einen oder anderen Stelle kleinere Korrekturen und Ergänzungen vorzunehmen.

Ich kann mir das noch immer nicht richtig vorstellen, Sie mit dem Telefon und Bertrand unterm Schirm am Grab Ihrer Mutter im Regen … Haben Sie keine nassen Füße bekommen?

Nasse Füße? KL lässt seine Zeichenhand ruhen und hebt den Kopf.

Nun ja, selbst der geschickteste Schirmhalter – und der unsichtbarste, wie Bertrand – ist machtlos gegen nasse Füße, besonders wenn es sich nicht um den roten Teppich handelt, sondern um Friedhofswege bei Nacht.

Sie überschätzen den roten Teppich.

Dann hatten Sie nasse Füße?

Es geht nicht darum, ob ich nasse Füße hatte. Meine Aufgabe ist es, so auszusehen, als hätte ich keine, als gäbe es auf dieser Welt einen Menschen, der keine nassen Füße bekommt, niemals. Was glauben Sie, wozu ich den Schirm und Bertrand brauche? Nicht, um nicht nass zu werden, sondern um so auszusehen, als würde ich nicht nass, unter keinen Umständen, nicht einmal auf der Berlinale.

Aber die Erkältung kriegen Sie trotzdem …

Welche Erkältung?

Sie erschaffen den schönen Schein, die Optik des Erhabenen und Unantastbaren, aber die Naturgesetze gelten auch für Sie.

Ich bekomme keine Erkältung, habe ich gesagt.

Ich dachte, Sie hätten gesagt, es würde nur so aussehen.

»Nur«? Das ist ja wohl die Hauptsache!

Aber es bleibt beim schönen Schein …

Wissen Sie, was Ihr Problem ist? Sie haben von dem, was Sie »schönen Schein« nennen, eine viel zu geringe Meinung.

Das ist die Frage: Kann eine Kunstfigur im wirklichen Regen eine Erkältung bekommen? Oder: Werden Ihre Füße im Kunstregen wirklich nass? Und wie nass können Sie werden und dennoch den Eindruck erwecken, über den Naturgesetzen zu stehen?

Falls ich Sie noch nicht darum gebeten habe: Vermeiden Sie es, in meiner Gegenwart von Krankheiten zu sprechen. Bitte kein Wort von Erkältungen, Schnupfen, Fieber, Gliederschmerzen! Ich bilde mir das alles sofort ein.

Ich könnte auch fragen: Kann man in einer Friedhofskulisse wirklich trauern? Oder: Kann ein Bild anders sein, als es aussieht? Oder noch besser: Kann man in einer wirklichen Klinik von einer eingebildeten Krankheit geheilt werden?

Habe ich mich nicht deutlich genug ausgedrückt? Ich sagte: Bitte nicht!

Deshalb sage ich ja »eingebildete Krankheit«. Ich könnte genauso gut fragen: Kann man an Hypochondrie sterben?

Schluss damit! Ich will nichts davon hören, wird KL überraschend heftig. *Sie verstehen offenbar immer noch nicht, dass es zwischen Schein und Sein keinen Gegensatz gibt, keine saubere Trennung, nicht einmal einen Unterschied. Alles ist psychosomatisch.*

Psychosomatisch?

Wussten Sie das nicht? Mode ist psychosomatisch. Aufmerksamkeit ist psychosomatisch. Licht – das Licht der Öffentlichkeit, Rampenlicht, Blitzlicht, Augenlicht, alles psychosomatisch. Sogar die Lüge, die Verleumdung, ist psychosomatisch. Haben Sie schon mal ein Gerücht erlebt, am eigenen Leib? Ich kann Ihnen versichern, auch Gerüchte sind psychosomatisch. Nichts auf der Welt ist ohne Folgen, schon gar nicht das Erfundene. Haben Sie mich verstanden?

Ich glaube, ja.

Dann merken Sie sich das für Ihre Philosophie: Wenn »Sein« heißt, »gesehen zu werden«, dann sind Sein und Schein nur eine Frage der Brennweite, dann sind Körper und Seele, Außen und Innen ein und dasselbe: psychosomatisch!

Und diese Klinik? Ist sie auch psychosomatisch? Und als was soll man sie betrachten, als Ihr Hotel, Ihre Therapiestation, Ihr künstlerischer Panic-Room?

Bitte, ich hatte Sie darum gebeten –

Dann hat es psychosomatische Gründe – nur diese Frage noch! –, warum Sie so beharrlich darauf pochen, Ihnen gehe es gut, obwohl wir beide wissen, dass Sie hier eingeliefert wurden, weil Sie zusammengebrochen sind?

KL lässt sein Notizbuch sinken und sieht mich an (zumindest glaube ich, dass er mich ansieht). Er schweigt länger, als er je geschwiegen hat, und spricht dann langsamer als je zuvor. *Zusammengebrochen? Wer sagt das?*

Entschuldigung, das klingt vielleicht etwas drastisch ... (Ist es auch, aber ich habe es endlich gewagt, endlich gesagt!) Mir ist nur wichtig, dass wir offen reden, schließlich geht es in diesem Gespräch nicht bloß um Philosophie, es geht um Ihre Gesundheit.

Wer sagt, dass ich zusammengebrochen bin?

Es ist ja kein medizinischer Fachbegriff. »Zusammengebrochen« kann alles heißen, von der fiebrigen Erkältung bis zum Kollaps – oder auch, psychosomatisch, wenn Sie so wollen, ein Nervenzusammenbruch ...

Wer sagt, ich sei zusammengebrochen?

Stimmt es denn oder stimmt es nicht? Und ist das nicht tausendmal wichtiger als die Frage, von wem ich es weiß?

KL macht keine Miene, mir die Frage zu erlassen, und starrt mich abwartend an (seine Brille war noch nie so schwarz). Doch ich denke nicht daran, Bertrand ans Messer zu liefern, falls er überhaupt etwas von Zusammenbruch gesagt hat und ich es nicht bloß daraus geschlussfolgert habe, dass er nichts gesagt hat.

Also?

Die Informationen, die ich erhalten habe, versuche ich mich herauszureden, waren äußerst spärlich, aber alles, einfach alles deutet darauf hin, dass Sie zusammengebrochen sind – auch wenn Sie vermutlich eine andere Erklärung dafür haben …

Nein, nein, sagt KL leise, *es stimmt.*

Wie bitte? – Jetzt starre ich ihn an.

Es ist wahr. Ich bin zusammengebrochen.

Hier in der Klinik?

Nein, bei meiner Mutter.

Am Grab?

KL nickt.

Ja, und was … was ist passiert?

Nichts. Er sieht zu Boden, wenn er überhaupt irgendwo hinsieht. *Ich bin zusammengebrochen.*

Am Grab Ihrer Mutter?

KL nickt wieder.

Nach unserem Telefonat? Sofort danach? Oder wenig später? Und dann wurden Sie hier eingeliefert …?

KL nickt nur noch.

Und was sagen die Ärzte? Was fehlt Ihnen?

Schlaf, sagt er und hört auf zu nicken.

Wie?

Ich bin eingeschlafen.

Hier in der Klinik oder …?

Am Grab meiner Mutter.

Sie sind … – Ich spreche nicht weiter.

Auf einmal war ich weg. Einfach so.

Sie sind in Ohnmacht gefallen?

KL schüttelt den Kopf. *Eingeschlafen.*

Nun gut, das kann vorkommen. Es war ein langes Telefonat, langer Tag, lange Nacht.

Im einen Moment habe ich noch ganz fest an sie gedacht, im nächsten – alles schwarz.

Und dann sind Sie zusammengebrochen …

Nein, aufgewacht.

Hier in der Klinik?

Wieder schüttelt er den Kopf, beschämt, fast jungenhaft. *An ihrem Grab.*

Im Regen, im Matsch?

Im Stehen.

Ja, aber …

Es war ein Sekundenschlaf, fünfzehn Sekunden, dreißig höchstens. Bertrand hat mich gehalten. Mich und den Schirm. KL hebt den Kopf, als sähe er die Szene noch einmal vor sich. Dann verschwindet jede Verletzlichkeit aus seinem Gesicht, und es zeigt die vertraute Bitterkeit.

Wie, das war alles? Das nennen Sie einen Zusammenbruch: diesen Fünfzehn-Dreißig-Sekunden-Schlaf? (Ich hole kurz Luft, um KL Gelegenheit zu geben, etwas hinzuzufügen, doch für ihn ist die Geschichte offensichtlich beendet.) Wie gesagt,

Zusammenbruch kann vieles heißen, es ist eine Frage der Definition, aber ein Zusammenbruch »im Stehen«, das ist, logisch betrachtet, ein Widerspruch in sich. Man kann nicht zusammenbrechen und gleichzeitig stehen bleiben!

Doch KL bleibt stehen. Er steht da wie versteinert und sieht in den Himmel über Hamburg, ein Standbild seiner selbst, ein steinerner Gast.

Gut, räume ich ein, man könnte natürlich einwenden, Sie hätten es als Zusammenbruch erlebt, ganz subjektiv. Und unter hypochondrischen Gesichtspunkten ist es vielleicht sogar ein Kollaps, ein gefühlter. Aber rein medizinisch, aus Sicht der Ärzte, würde man wohl kaum von einem Zusammenbruch sprechen oder nur von einem kleinen, einem Anbruch oder Knacks …

Ich habe die Kontrolle über mein Leben verloren.

Wobei man durchaus in Betracht ziehen muss, dass es am Grab Ihrer Mutter passiert ist. Die Umstände sind Ihnen zweifellos sehr unangenehm, angesichts Ihrer engen – insulären, doch engen Beziehung zu Ihrer Mutter. Aber ich bin mir sicher, auch Ihre Mutter hätte Verständnis dafür, dass Ihnen mal die Augen zufallen, wenn sie Ihnen zusieht von oben, und davon gehen wir einfach mal aus –

Ich habe die Kontrolle über mein Leben verloren, wiederholt KL.

Nein, wirklich, Sie sind der Letzte, dem man eine so winzige Auszeit zum Vorwurf machen könnte bei Ihrer Belastung, Ihrem Schaffenspensum. Das weiß niemand besser als Ihre Mutter. Und mit dem gleichen Recht, wie Sie den – sagen wir – Standschlaf an ihrem Grab als Schwäche empfinden, könnte man darin auch ein Zeichen Ihrer Stärke und Vielseitigkeit sehen, ich meine, wer ist schon in der Lage, gleichzeitig zu stehen, zu schlafen und zu trauern …

KL atmet ein, atmet aus, sagt aber nichts. Nur ganz entfernt, unwirklich fast, ist ein unterdrücktes Schluchzen zu hören, das dem Klagelaut auf dem Friedhof während unseres Telefonats gefährlich nahe kommt.

Hören Sie, sage ich, reden wir Klartext. Ich bin kein Arzt, aber ich muss auch kein Arzt sein, so viel verstehe selbst ich von Psychosomatik: Sie sind überarbeitet. Sie waren schon überarbeitet, als Sie hierher in die Klinik kamen, und haben dann aus Ihrem kleinen Schwächemoment die falsche Konsequenz gezogen, noch mehr zu arbeiten, so als müssten Sie sich und Ihrer Mutter beweisen, dass Sie Ihre Pflicht nicht nur tun, sondern übererfüllen, dass »Pflicht« für Sie nicht bloß ein Gefühl ist, sondern die Liebe und Leidenschaft Ihres Lebens. Sie sind ein Held der Überarbeitung. Und Ihre Diagnose kennen Sie selbst, Sie wollen sie nur nicht wahrhaben: Sie sind müde.

Ja, sagt KL und nickt, ohne den Kopf wieder zu heben, *jawohl.*

Es ist das erste Mal in drei Gesprächen, dass er mir ohne Einschränkung zustimmt, fast so etwas wie ein Triumph. Nur, dass ich mich nicht darüber freuen kann. Es tut mir leid. Er tut mir leid.

Kommen Sie, sage ich, setzen Sie sich.

Ich will KL zu dem Stuhl führen, auf dem ich gesessen habe, doch er wehrt ab, nicht durch irgendeine Geste, sondern durch völlige Regungslosigkeit.

Aber Sie müssen sich ein bisschen ausruhen, ein bisschen erholen, rede ich ihm zu, das würde Ihre Mutter jetzt auch sagen …

Mit einem beherzten Schritt Richtung Sitzgruppe versuche ich ihn zum Platznehmen zu animieren. (Anfassen kommt nicht in Frage.) Doch er bewegt nicht einmal die Lippen beim Sprechen.

Ich will mich nicht setzen. Wenn ich mich setze, schlafe ich sofort ein.

Und was wäre so schlimm daran? Jeder muss schlafen, schlafen ist menschlich! (Doch genau das ist wahrscheinlich das Problem.)

Ich bin so müde, sagt er vor sich hin, macht aber keine Anstalten, mir zu folgen.

Kommen Sie, seien Sie nicht so hart mit sich, sonst brechen Sie wirklich noch zusammen …

Doch KL steht bloß da wie ein kleiner Junge. Wie ein alter Mann.

Müde bin ich, murmelt er, *so müde.* Ein trauriger Satz, weil es keinen Sinn hat, ihm darauf zu antworten, dass er nur zu schlafen bräuchte und es würde wieder gut. KL kann alles, was er will, nur nicht ausruhen.

Soll ich Ihnen eine Cola bringen? Eine Cola light, betone ich, ohne dass er in irgendeiner Weise reagiert. Doch er hört nicht etwa schlecht, er ist starr, starr vor Anstrengung, sosehr muss er sich zusammenreißen.

Nein, höre ich ihn sagen, *bloß nicht.* (Er spricht so leise, dass ich das Gehörte mehrmals im Kopf herumdrehen muss, bis es Gestalt annimmt.) *Ich habe in meinem Leben so viel Cola light getrunken, jeder andere wäre längst daran krepiert.*

Wollen Sie lieber einen Schluck Wasser? Ich biete ihm mein unbenutztes Glas an, aus reiner Verlegenheit. Ich weiß, dass er ablehnen wird. Mir ist jetzt klar, dass ich es mit dem letzten, dem äußersten Rest an Beherrschung zu tun habe, den er aufbringen kann. Da ist für Überflüssiges kein Spielraum.

Passen Sie auf, entscheide ich für ihn, ich werde jetzt Hilfe holen. Und ich kann Sie nur bitten, ein Einsehen zu haben und den Anweisungen der Ärzte Folge zu leisten. Sie gefährden Ihre Gesundheit.

Als ich mich zum Gehen wende, spüre ich seine Hand auf meiner Schulter. KL, der Unnahbare, Unberührbare, fasst mich an, hält mich fest.

Niemand, sagt er halb drohend, halb ängstlich, *niemand soll mich so sehen!*

Aber so geht es doch nicht weiter, und das wissen Sie genau!

Seine Hand lässt nicht locker, krampft und krallt sich weiter fest. *Sie hat gesagt, dass ich durchkomme: »Der kommt durch«, hat sie immer gesagt!*

Ihre Mutter? Entschuldigung, aber ich verstehe nicht ganz.

Ich habe geglaubt, dass mir das nie passiert. Dass ich schaffe, was ich mir vornehme. Dass ich durchkomme. Immer.

Sie haben wirklich gedacht, Sie sind (ich will nicht »unsterblich« sagen) … unermüdlich? Sie dachten, Sie müssen nie (ich will auch nicht »sterben« sagen) … die Augen zumachen und schlafen, also wirklich müssen?

Was man denkt, ist unwichtig. Wichtig ist, was man glaubt.

Und Sie haben es geglaubt?

Es ist meine Bestimmung.

Und jetzt …?

Für einen Moment entsteht eine Pause, ohne dass klar wäre, von wem. Dann verstehe ich plötzlich alles.

Das also war es, was Sie meinten, nicht wahr, diesen Bruch: keinen »Zusammenbruch« im medizinischen Sinn, sondern schlimmer, viel schlimmer, dass für Sie eine Welt zusammengebrochen ist, Ihr Glaube an sich, an Ihre Bestimmung …

Schon gut.

Nein, nein, ich hätte wissen müssen, dass Sie davon sprechen, von dem Bruch Ihres Urvertrauens in die Unsterblichkeit …

Ich habe nie geglaubt, dass ich unsterblich bin, sondern nur, dass ich durchkomme.

Ja, aber »durchkommen« heißt doch im Endeffekt …

Ich bin immer durchgekommen, durch große Erfolge, große Verluste, was im Grunde dasselbe ist, durch alles.

Also, auch durch den Tod?

Warum sollte ich mir darüber den Kopf zerbrechen, wenn er mir nichts anhaben kann, nicht wirklich?

Weil etwas von Ihnen bleiben wird, meinen Sie, ein Werk, das weiterlebt?

Ein Werk ist tot, sobald es vollendet ist. Nein, ich meine die Arbeit daran, das Arbeiten selbst, diese Kraft, die da ist, seit ich denken kann …

Aber jetzt sind Sie müde.

Es geht.

Eben haben Sie sich noch sehr müde angehört, um nicht zu sagen: todmüde!

Ich bin darüber hinweg.

Wie »hinweg«? Worüber?

Über den toten Punkt.

Es klang aber nicht nur nach einem Punkt, sondern nach etwas sehr Grundsätzlichem …

Wenn man müde ist, neigt man zu Grundsatzfragen, großen Fragen. Großer Fehler! (Er spricht auf einmal wieder schneller.)

Das glaube ich Ihnen nicht.

Das können Sie mir glauben! Ich kämpfe seit mehreren Generationen gegen die Müdigkeit, seit meiner Kindheit. Wenn sich jemand damit auskennt, dann ich.

Und Sie glauben, Sie können sie besiegen?

Es gibt zwei Möglichkeiten, mit seiner Müdigkeit umzugehen: Kapitulation oder Überwindung. Entweder man gibt ihr nach und schläft oder man kämpft um die Verlängerung und versucht durchzukommen. Ich bin wieder einmal durchgekommen. (Er spricht so schnell wie eh und je.)

Danke, übrigens.

Seinen Mundwinkeln gelingt ein Lächeln, erstaunlich breit, erstaunlich jungenhaft. Ich bin dermaßen verblüfft, wie munter er auf einmal wieder wirkt, dass ich gar nicht auf die Idee komme, es könnte sich um ein Abschiedslächeln handeln. Doch KL hebt seine behandschuhte Hand und komplimentiert mich mit einer verhalten höflichen Geste hinaus. Die Audienz ist beendet.

Wie, frage ich bestürzt, das war alles?

Das ist doch sehr viel! Ich bedanke mich herzlich fürs Wachhalten, fügt er mit demselben Lächeln hinzu, ein bisschen verschmitzter vielleicht.

Dann war das der Grund, warum Sie mich so dringend sprechen wollten? (Ich versuche gar nicht erst, meine Enttäuschung zu verbergen.) Es ging nur darum, dass ich Ihnen über Ihre Müdigkeit hinweghelfe?

Gut, dass Sie das ansprechen! Das Dringende ganz kurz, die Minute haben wir noch, sagt er wie zu einem unsichtbaren Publikum. Erst auf den zweiten Blick bemerke ich an der Decke eine kleine Kamera. Vermutlich eine Sicherheitsmaßnahme der Klinik. Doch diesmal besteht kein Zweifel, dass Bertrand uns überwacht.

Bitte … KL deutet auf meinen Stuhl und rückt ihn so zurecht, dass mich die Kamera genau im Visier hat, *bitte, nehmen Sie Platz!*

Ich zögere einen Moment, setze mich aber doch und staune nicht schlecht, als er sich einen entfernter stehenden Stuhl heranzieht und genau das tut, was er die ganze Zeit abgelehnt hat: KL setzt sich, einfach so, mit dem Rücken zur Kamera.

Bisher war unser Gespräch vertraulich. Jetzt wird es streng vertraulich: Der Grund, warum ich Sie hergebeten habe, kommt er vergleichsweise direkt zur Sache, *ist das Buch.*

Welches Buch?

Erinnern Sie sich an den Satz, den ich Ihnen diktiert habe, den ersten und letzten Satz meiner Biografie?

Ihrer Biografie? Meinen Sie jetzt »Zurück zur Kultur« oder »Zurück zur Natur«?

Er lautete: »Ich verzichte.« Und das sollte auch heißen: Ich verzichte auf eine Autobiografie. Ja, ich habe mir viel darauf eingebildet, der einzige Prominente ohne Autobiografie zu sein: einer, den jedes Kind kennt, und gleichzeitig der große Unbekannte, der zwar exklusiv zu sprechen ist, unter gewissen Umständen, aber nicht zu beschreiben, weil er immer wieder etwas anderes erzählt, sich immer wieder neu erfindet. Ich fand das wahrer so – oder weniger gelogen als bei Biografien üblich, der unehrlichsten Art von Fiktion. Nicht, dass ich etwas gegen Lügen hätte, aber wenn man sie länger durchhalten muss, werden sie langweilig.

Ja, das stimmt, sage ich – zu mehr komme ich nicht. KL redet wieder so schnell wie in seinen besten Zeiten.

Wissen Sie, wie viel Unfreiheit ein Image bedeutet? Deswegen habe ich mir die Freiheit genommen, mich nicht auf eine Lebensgeschichte festzulegen. Ich habe viele Geschichten von mir erzählt und immer so, dass niemand sicher sein konnte: Sagt er jetzt die Wahrheit oder plaudert er nur? Ich wollte in jedem Moment die Kontrolle über mein Bild, meine Biografie, um ein anderer sein zu können, wenn ich mir nicht gefalle. Deswegen nichts Schriftliches! Nichts, was sich zwischen zwei Buchdeckel pressen lässt! Nur Zeitungen, Magazine, Illustrierte mit ihrer Flüchtigkeit, ihrem Mangel an Gedächtnis. Wenn man kein unbeschriebenes Blatt bleiben kann, muss man sich immer wieder umschreiben, nur dann bestimmt man, was dasteht. Das ist meine Vorstellung von Prominenz, dass niemand wissen kann, wer ich wirklich war, wirklich bin, falls es so etwas wie Wirklichkeit überhaupt gibt.

Ja, das – (er macht überhaupt keine Pausen mehr).

Vor allem aber war es zum Schreiben immer zu früh. Das Wesentliche war noch nicht vollbracht, und wesentlich ist, was ich im Moment gerade mache oder als nächstes machen will. Wer seine Autobiografie zu früh schreibt, lässt das Wichtigste aus. Und das Wichtigste für mich ist immer das, was kommt …

(Wie lange will er denn noch warten? Bis er hundert ist?)

Kurz, fällt KL sich selbst ins Wort, *um eine ernst zu nehmende Autobiografie zu schreiben, muss man tot sein. Alles andere ist voreilig, so als würde man sich anmaßen, das Buch zu einem Film zu schreiben, der noch läuft und dessen Ende man nicht kennt. Dabei entscheidet der Schluss über alles. Nemo ante mortem beatus – niemand ist vor seinem Tod selig zu preisen. Wäre übrigens auch ein guter Titel …*

Für Ihre Autobiografie?

Ja, ich hätte nicht übel Lust, sie auf Latein zu schreiben. In toter Sprache. Das wäre ein gewisser Endgültigkeitsgewinn. Doch von der Idee bin ich abgekommen. Es ist der Grundfehler aller Autobiographien, dass sie mit einem Endgültigkeitsanspruch geschrieben sind, obwohl jeder weiß, es geht immer weiter, die Arbeit, das Leben, alles. Stattdessen tun sie so, als würden sie von etwas scheinbar Abgeschlossenem handeln: der Vergangenheit. Falsch, ganz falsch! Eine Autobiografie, die ihren Namen verdient, muss von dem erzählen, was lebt, was offen ist, der unabgeschlossenen Vergangenheit, der Zukunft. Wenn schon Memoiren, dann nicht von dem, was war, sondern was sein wird, Erinnerungen an das, was kommt!

Und darüber wollten Sie mit mir sprechen? (Die Restlosigkeit, mit der er seine Müdigkeit abgeschüttelt hat, ist geradezu unheimlich. Keine Spur mehr von Schlafentzug, Verlangsamung, Verstummen.)

Verstehen Sie jetzt, warum ich meine Meinung zur autobiografischen Frage geändert habe? Dafür ist es nie zu früh! Man kann gar nicht früh genug anfangen, sich die Biografie seiner Zukunft zu erzählen. Das verstehen Sie doch?

Ich hätte, ehrlich gesagt, schon noch ein paar Fragen … (Zum Beispiel die Frage, ob er nicht inzwischen mehr Vergangenheit hat als Zukunft! Doch KL strahlt einen Elan und Tatendrang aus, als säßen wir nicht hier in der Klinik, sondern bei ihm im Atelier, an der Schwelle zu etwas ganz Großem.)

Hier, sagt KL und zückt erneut sein Notizbuch, *hier habe ich mal ein paar mögliche Titel untereinandergeschrieben. Ein paar unmögliche sind auch dabei …*

Er reicht mir das Büchlein, in das er so fieberhaft hineingeschrieben und gezeichnet hat – sein künstlerisches Gedächtnis, aufgeschlagen, zu meinen Händen! Im ersten Moment sehe ich nur eine kalligrafische Skizze, eine Art Wimmelbild mit Buchstaben, schwungvollen Bögen, Durch- und Unterstreichungen. Es dauert einen Augenblick, bis ich die erste Zeile entziffern kann.

»Paris – besser wie Heimat«?, lese ich fragend.

Pardon! Das war nur eine kleine Spielerei, als ich noch dachte, ich schreibe eine Hommage an den falschen Komparativ …

Ich beuge mich tiefer über die Seiten, damit man auf dem Überwachungsvideo nicht sehen kann, was für ein Gesicht ich mache. Doch KL nimmt mir das Notizbuch wieder ab, blättert schnell weiter und deutet mit dem Finger auf eine Reihe gleichmäßigerer Schriftzüge, die ich nur über Kopf mitlesen kann. Das Büchlein gibt er nicht mehr aus der Hand.

Am Anfang dachte ich, »Biografie der nächsten fünfundzwanzig Jahre« wäre ein guter Titel- oder Untertitel, wenigstens. Aber eine konkrete Zahl fand ich dann doch nicht gut. Man kommt unwillkürlich ins Rechnen.

(Es ist sein Ernst, keine Frage!)

Deswegen kam ich auf eine Art autobiografische To-do-Liste, Titelvorschlag, schlicht: »To do!« oder »TBD«, Kurzform für To be done … Doch auch das klingt mir zu sehr nach Gute-Laune-Pragmatismus und Du-kannst-es-schaffen-Mantra. Es ist gar nicht so leicht, wie man sieht, über die Zukunft zu schreiben, ohne in die Idiotie des Optimismus zu verfallen. Insofern verbietet sich alles Amerikanische.

KL lässt seinen Zeigefinger zur nächsten Seite wandern. Die nackte, zum Zeichnen entblößte Fingerspitze zittert kein bisschen vor Aufregung oder gar Erschöpfung, sondern stößt mit äußerster Bestimmtheit zu.

Wir kommen zu den diskussionswürdigen Vorschlägen: »Alles auf Anfang« – nun ja. Aber »N. N.« war lange mein Favorit, weil man ja nicht wissen kann, wer man sein wird in ein paar Jahren oder nach ein paar Seiten, außer dass man am Ende mit Sicherheit nicht mehr der ist, der man am Anfang war. Ich könnte mir einen Entwurf vorstellen, bei dem sich meine Initialen langsam in N. N. verwandeln. Schließlich geht es um Veränderung, um den Aufbruch ins Unbekannte …

(Die größte Veränderung scheint mir, dass KL wieder der Alte ist und der alte KL wieder der junge, so frisch und aufgeräumt, als hätte man ihm einen halben Liter Cola light injiziert.)

Ja, seufzt er, *»N. N.« ist schon der wahrste Titel von allen. Das Problem dürfte nur sein: Er verkauft sich nicht. Publikumswirksamer wäre sicher so etwas wie »Nicht schlafen, träumen!«. Doch das klingt, als würde man Rosamunde Pilcher zum kategorischen Imperativ erheben.*

Ich runzle die Stirn für die Kamera und hoffe, dass es aussieht wie die Mischung aus Ironie und Skepsis, die von mir erwartet wird.

»Mein Leben – eine Vorschau«, was halten Sie davon? Oder besser: »Zum Zurückblicken zu jung«? Der Gedanke stimmt, aber bedauerlicherweise nicht die Formulierung, zu viel »Z«, ein Zungenbrecher, obwohl ich auch dazu ein paar hübsche Cover-Ideen hätte.

In schneller Folge zeigt er mir mehrere Schattenrisse, Silhouetten, Selbstbildnisse von KL, verblüffend jugendlich und makellos.

Dann dachte ich, nein, das ist es auch nicht. »Zu jung« hat etwas Abwertendes, Negatives. Man müsste es umgekehrt formu-

lieren, positiv! Also bin ich zu dem Schluss gekommen – vorläufig, versteht sich, alles ist vorläufig, es gibt ja kein Ende, aber immerhin so etwas wie ein Ergebnis: Das Beste kommt noch!

Ich stutze einmal mehr. Sie meinen: der beste Titel?

Nein, nein, das Beste von mir! Es kommt noch.

Moment! Verstehe ich Sie richtig? Sie wollen Ihre Autobiografie, Ihr Buch über sich und Ihre Arbeit – mehr als ein halbes Jahrhundert erfolgreiche Arbeit! – übertiteln mit »Das Beste kommt noch«?

Nicht gut?

Was heißt »nicht gut«? Es ist … (Meine Enttäuschung ist noch größer als meine Überforderung, die ich auch nicht verbergen kann.) Es wirkt ein bisschen, wie soll ich sagen, absurd.

Absurd, wieso? Trauen Sie mir nichts mehr zu?

Im Gegenteil, ich traue Ihnen viel zu, sehr viel, aber »das Beste« …

Sie glauben, ich fange an, nachzulassen? Der Zenit ist überschritten? Alles, was jetzt noch kommt, ist Abstieg, eine Schwundstufe alter Zeiten?

Nicht doch, keineswegs!

Wenn Sie meinen, dass ich in der Midlife-Crisis stecke, sagen Sie's!

(Midlife-Crisis? Er ist über achtzig.) Nein! Ich meine nur, »das Beste«, das ist … so banal.

Es ist primitiv.

Oder primitiv, wenn Sie so wollen.

Ehrgeiz ist immer primitiv. Ambition ist primitiv. »Nach den Sternen greifen« ist nur eine nette Umschreibung dafür, dass man sich unentwegt in den Hintern treten muss, sonst erreicht man nichts, ob man nun Kunst macht oder Teller wäscht.

Nun ja …

Sie finden das banal? Sie haben recht: Es ist banal. Der Beste sein zu wollen, besser als man selbst, besser als gestern, Tag für Tag, ist das Banalste überhaupt.

Und so wollen Sie weitermachen, immer weiter, im ständigen Wettbewerb mit sich, unter dem ständigen Druck, etwas noch Besseres, Erfolgreicheres zu schaffen, anstatt etwas Anderes, eine andere Qualität?

Sie scheinen tatsächlich zu glauben, ich sei in der Midlife-Crisis.

Nein, wirklich nicht! (Bei einer Midlife-Crisis hätte er eine Lebenserwartung von hundertsechzig.) Aber ich hatte so gehofft, dass wenigstens Sie mit Ihrer schier unglaublichen Lebensleistung sich über dieses Rattenrennen erheben könnten und –

Sie meinen, ich soll aussteigen?

»Aussteigen« habe ich nicht gesagt! Ich –

Sie haben »Lebensleistung« gesagt. Und wer die »Lebensleistung« von jemandem würdigt, sagt im nächsten Atemzug, er möge sich zur Ruhe setzen.

»Zur Ruhe setzen« ist so ziemlich das Letzte, was mir zu Ihnen einfällt!

Oder »langsamer treten« … Wenn ich das schon höre!

Was ich meinte, war –

Am allerschlimmsten ist »Ruhestand« – »Ruhe« und »Stillstand« in einem Wort, da kann man sich gleich beerdigen lassen!

Ich meinte –

Deswegen hatte ich kurzzeitig »Ewiger Unruhestand« als Titel erwogen. Fand das dann aber doch zu kalauernd. Oder was meinen Sie?

Ich wollte nur sagen, dass ich Ihre Kraft und Ausdauer in keinster Weise anzweifle, sondern lediglich –

Da gibt es auch nichts anzuzweifeln! Ich habe die Kondition eines Zwanzigjährigen, und damit meine ich nicht die mit Ritalin gedopten, adipösen Zwanzigjährigen von heute, sondern die echten Zwanzigjährigen von vor sechzig Jahren. Ich arbeite sie alle unter den Tisch und alles, was danach kommt, sowieso!

Sicher, nur hatte ich eben gehofft, dass jemand von Ihrem Format irgendwann über diesem Leistungsdenken stehen würde, auf einer anderen Ebene gewissermaßen …

Auf einer anderen Ebene?

Ja! Nicht immer nur jetzt, jetzt, jetzt und weiter gehetzt, mit der Stoppuhr in der Hand, sondern gewissermaßen über der Zeit.

Man steht nicht über der Zeit, man fällt aus ihr heraus.

Aber wenn man erreicht hat, was Sie erreicht haben, eine Dauer – Erfolgsdauer! –, die an Zeitlosigkeit grenzt …

Es gibt keine andere Ebene, tut mir leid. Entweder Konkurrenz oder einstweiliger Ruhestand, Sichtbarkeit oder Unsichtbarkeit, Licht an oder Licht aus – ein Drittes gibt es nicht.

Und das hört nie auf? Ich dachte, es hört vielleicht irgendwann auf …

Es hört nur auf, wenn Sie aufhören: wenn Sie nicht mehr können oder nicht mehr wollen, was dasselbe ist. Aber der Kampf um Aufmerksamkeit geht immer weiter, immer wieder aufs Neue, im Zweifelsfall ohne Sie.

Ja, aber wie können Sie das durchschauen und trotzdem mitspielen, all die Jahre? Wie können Sie sich mit Ihrer Erfahrung, Ihrer Größe immer wieder auf diese Ebene begeben und noch dazu behaupten: »Das Beste kommt noch«?

Haben Sie einen besseren Vorschlag? Oder einen »anderen«?

Steht sonst nichts in Ihrem klugen Buch? (Ich strecke die Hand danach aus, doch KL zieht es zurück.)

Ich will es von Ihnen hören.

Von mir? Wieso von mir?

Das ist der Grund, warum ich Sie so dringend sprechen wollte. Es geht um die Biografie des Künstlers, der ich sein werde. Ich dachte, Sie könnten mir vielleicht helfen, sie zu schreiben, aufzuschreiben …

Ich?

Ich habe leider nicht die Zeit dazu. Deswegen habe ich Sie hergebeten. War Ihnen das nicht klar?

Nein! Wie sollte es? Ich meine, danke, vielen Dank, dass Sie an mich denken, das ist natürlich sehr schmeichelhaft und so weiter. Aber ich führe ein philosophisches Gespräch mit Ihnen, das habe ich von vornherein gesagt! (Ich schaue kurz in die Kamera zu Bertrand.) Und ein philosophisches Gespräch und der Titel »Das Beste kommt noch« schließen sich definitiv aus.

KL guckt weniger böse als befürchtet, er lächelt sogar.

Dann verraten Sie mir Ihren?

Meinen Titel? Ach, wissen Sie, bei mir entscheidet sich das immer erst am Schluss.

Aber irgendeinen Arbeitstitel müssen Sie doch haben!

Habe ich auch. Sogar mehrere. Das wechselt …

Und zwar?, fragt er und ruckt dabei so ungeduldig mit dem Kinn, dass ich die Antwort nicht länger hinauszögern kann.

Also gut, mein Arbeitstitel für heute war, wenn Sie es wirklich wissen wollen: »Am Bett von KL«.

Aber Sie waren nie an meinem Bett …

Da dachte ich noch, dass ich es sein würde. Im Übrigen war ich ja auch nicht am Grab Ihrer Mutter, und trotzdem habe ich kurz überlegt –

»Am Grab meiner Mutter«? Als Titel?

Unmöglich, ich weiß. Genau das habe ich mir auch gesagt. Deswegen kam ich ja darauf, mehr auf den Inhalt zu gehen und zu sagen: »Gespräch über die Unsterblichkeit« – zumal es für die Leserinnen und Leser sicher reizvoll sein dürfte, das Geheimnis Ihrer Unsterblichkeit zu erfahren.

Nur, dass wir nicht über Unsterblichkeit sprechen!

Richtig. Deswegen dachte ich, zur Not nenne ich es schlicht: »Gespräch über den Tod«.

Gespräch über den Tod?

Arbeitstitel, wie gesagt, auch wenn vieles dafür spricht, insbesondere der Umstand, dass wir die ganze Zeit über den Tod sprechen. Am Bett, am Grab, das alles sind, genau genommen, Todesmotive, Todesthemen. Und das ist ja auch das Philosophische daran …

Der Tod?

Das einzige Thema der Philosophie, seit Gott tot ist.

Aber Gott ist Zeit!

Genau, und Zeit ist Tod: der Mangel, das Endliche, die ablaufende Frist. Wenn es noch eines Beweises bedurft hätte, dass wir über den Tod reden, dann ist es unser Reden über Zeit. Und ich bin fest davon überzeugt, dass es – auch im Sinne aller Leserinnen und Leser (Blick in die Kamera) – keinen interessanteren Gesprächspartner dafür gibt als Sie, den Müdigkeitsbezwinger, Schlafverächter und Zeitübersteher schlechthin, der für den Tod nicht zu sprechen ist!

Ich werde diesen Titel nicht erlauben.

Wie bitte?

Ich erlaube Ihnen diesen Titel nicht und will ihn auch nie wieder hören.

»Gespräch über den Tod«?

Ich will ihn nie wieder hören.

Gut, wie Sie wünschen. Schade zwar – also falls Sie es sich noch einmal anders überlegen sollten –, aber gut. Es ist ja bloß ein Titel.

Sie haben immer noch nicht begriffen, worum es mir geht, wovon ich handle und meine ganze Biografie.

Bitte, sage ich, sagen Sie es mir, das interessiert mich sehr.

Es gibt nur einen einzigen Grund zu schreiben, sagt KL, *einen wahren.*

Und der wäre?

Das Ende abzuschaffen.

Sie wollen das Ende abschaffen?

Die Illusion des Endes. Helfen Sie mir dabei, sagt er entschieden und will sein Notizbuch schon wegstecken.

Ja, aber wie wollen Sie, Sie und ich, wie sollen wir –

Wir müssen sie abschaffen, die Illusion des Endes und der Müdigkeit.

Aber Müdigkeit ist eine Realität. Es gibt sie!

Natürlich gibt es Müdigkeit. Aber sie ist nichts Endgültiges, sondern vorläufig wie alles andere. Es gibt sie, doch sie geht vorbei. Und alles, was sie uns über das Ende erzählt, ist erfunden: ein Überredungsversuch unserer Sinne, zu kapitulieren. Müdigkeit ist ein Märchen vom Ende. Ich mag keine Märchen.

Apropos, wie wäre: »Wider die Müdigkeit!« Oder: »Wider die Märchen«? – Nein, auch schlecht, ganz schlecht. Bitte vergessen Sie's!

Doch KL hört mich gar nicht. Er sitzt da, weit zurückgelehnt, die Spitzen beider Zeigefinger an den Lippen, sein Büchlein auf den Knien, hochkonzentriert wie zum Selbstinterview über seine Biografie, auf der Suche nach einem druckreifen ersten Satz.

Wir sehen zu viel Ende in den Dingen und zu wenig Anfang, spricht er auf einmal wieder langsam und wie zur Probe (ich taste unwillkürlich nach meinem Diktafon). *Wir müssen viel mehr auf die Anfänge achten, überall, in allem, was wir tun. Glauben Sie mir, es gibt kein Ende, das Beste kommt noch!*

Also gut, lenke ich ein, ich bin dabei. Ich helfe Ihnen, wenn ich kann, und: Ja, das ist vielleicht ein Anfang. Aber lassen Sie uns vorher noch einen Alternativtitel suchen, nur für den Hinterkopf. – Darf ich?

Ich strecke noch einmal die Hand nach seinem Büchlein aus. Diesmal lässt er zu, dass ich es nehme, lässt es einfach geschehen. Ich schlage eigenhändig sein Notizbuch auf, sein Gedächtnis, und blättere durch alle Arten von Skizzen – Anzüge, Jacken, noch mal Jacken, Jacketts, Schuhe, sogar Strümpfe –, der Fantasie- und Bewusstseinsstrom eines Modemachers und Modenüberstehers. Dann stoße ich auf eine Zeichnung, die anders ist als alle anderen. Im ersten Moment sieht sie aus wie ein Bett, doch bei näherem Hinsehen erkenne ich, dass das Kopfende kein Kopfende ist, sondern ein Grabstein. Das ganze Bett ist ein Grab, das Grab seiner Mutter. Und darunter steht in KLs fliegender Handschrift: »Noch immer mehr Träume vom Tun als vom Ruhen!«

Einen Moment lang bin ich wie gebannt von dem Bild, von dem Satz. Dann frage ich leise, fast stimmlos, ohne den Blick von der Zeichnung zu lösen: Und wie wäre das? Wie wäre

»Träume vom Tun« als Titel? Oder ist Ihnen »Träume« zu blumig, zu sehr – wie sagten Sie – Rosamunde Pilcher? Man könnte »Träume« natürlich auch weglassen. Vielleicht ist das sogar stärker, wenn es nur heißt: »Tun« mit Ausrufezeichen oder ohne, wie auch immer. Ich meine, das wär's, das ist es doch, oder nicht? Das ist der Titel Ihrer Autobiografie, Ihr Programm, drei Buchstaben, einfach: »Tun«!

Erwartungsvoll schaue ich vom Grab seiner Mutter auf zu KL, der nichts sagt, kein Wort, nicht einmal die Mundwinkel verzieht. Ich kann seine Augen nicht sehen hinter der schwarzen Brille, aber sein Kopf ist leicht vorgeneigt. Er atmet nicht mehr oder kaum noch, nur flach und unmerklich, ein stiller Hauch. KL ist eingeschlafen, tatsächlich eingeschlafen – es dauert einen Moment, bis ich das realisiere, aber hatte er nicht immer wieder gesagt: »Im Sitzen schlafe ich ein«? Jetzt ist es so, jetzt schläft er. Und ich bin bei ihm und höre ihm zu, dem Selbstgespräch seines Atems, ganz allein.

Es ist so friedlich.

Dann registriere ich im Eingangsbereich Bertrand. So lautlos, wie er erschienen ist, bedeutet er mir, aufzustehen. Mein Gespräch mit KL ist zu Ende. Unsere Zeit ist um, unwiderruflich, auch wenn ich versprochen hatte, ihm zu helfen. Ich habe tatsächlich das Gefühl, ich müsste ihm beistehen und über seinen Schlaf wachen, seine ruhenden Züge, die Totenmaske der Entspannung. Doch ich verlasse den Raum wie auf Zehenspitzen, als wäre ich nie da gewesen, und werfe nur einen kurzen Blick über die Schulter, halb Entschuldigung, halb Lebewohl. Dann lasse ich ihn in dem Stuhl zurück, das Kinn gesenkt, die Augen, die ich nie gesehen habe, geschlossen. Es kann gar nicht anders sein.

Als ich an Bertrand vorbeigehe Richtung Ausgang, berührt er sacht meinen Arm und reicht mir einen USB-Stick. *Tiens, Ihre Aufzeichnung,* sagt er mit seinem franko-hanseatischen Akzent und lächelt ein schmales Lächeln. Dann zeigt er mir seine Armbanduhr. *Treize minutes trente secondes, Ihre Gesprächszeit, sehen Sie? Une minute et demi, temps gagné.*

***